W0207461

LES PATATES CHAUDES

Katia YAKOUBI

Les patates chaudes

Vérone éditions

© Vérone éditions, 2022

Envois de manuscrits :
Vérone éditions – 75 boulevard Haussmann – 75008 Paris

Le Code de la propriété intellectuelle interdit les copies ou reproductions destinées à une utilisation collective. Toute représentation ou reproduction intégrale ou partielle faite par quelque procédé que ce soit, sans le consentement de l'auteur ou de ses ayants cause, est illicite et constitue une contrefaçon sanctionnée par les articles L 335-2 et suivants du Code de la propriété intellectuelle.

Sommaire

Introduction
par Henri SAINT-JEAN

Libération du travail social : optimisation ou destruction ? Les patates chaudes et autres…

« Ces petits fonctionnaires du social sont les antennes avancées d'un État dont la main droite ne veut pas savoir ce que fait la main gauche. Pis, les membres patentés de la grande noblesse d'État, les énarques de toute obédience politique, regardent de très haut cette petite noblesse, à laquelle ils aiment faire la leçon. Ils ignorent qu'elle joue un rôle déterminant dans le maintien d'un minimum de cohésion sociale. Ils devraient se rappeler que la Révolution a été déclenchée par une révolte de la petite contre la grande noblesse… »

(Pierre Bourdieu, dans Notre État de misère, entretien avec Sylvaine Pasquier, L'Express, 18/03/1993).

Cette réflexion m'est revenue après avoir eu plusieurs échanges sur la question sociale et le lien social avec Katia Yakoubi. Nous ne nous connaissions pas, si ce n'est-ce que j'avais pu voir par des échanges sur les réseaux sociaux et j'avais su par les relations politiques que j'ai conservé, qu'elle s'était engagée à la fois politiquement et professionnellement.

Dans le même secteur d'activité au sein duquel j'ai pu exercer mon activité professionnelle dans différentes fonctions, pendant une cinquantaine d'années. Et voilà que suite à une série de message qui mettait en exergue le nouveau profil à venir du Travailleur Social comme autoentrepreneur « en libéral », j'avais constaté que nous convergions en colère et en révolte devant cette évolution qui tourne le dos aux principes sur lesquels se sont construits les métiers du lien social, terme que personnellement je préfère à celui de : « Travail Social ».

Le bouleversement qu'a provoqué la pandémie liée au COVID a illustré à quel point ces professionnels du soin et du lien social exercent une activité déterminante : non pas seulement pour les personnes dont elles doivent assurer la prise en charge mais pour que l'ensemble de notre société puisse se prévaloir de solidarité nécessaire à sa cohésion. Cette mise en lumière des professions dont l'image est tellement liée à la vocation et à l'altruisme qu'elles paraissent finalement comme totalement idéalistes et hors normes. Ce n'est sûrement pas un hasard, si les femmes y sont largement majoritaires et si les stéréotypes de ce que seraient leurs qualités « naturelles » participent à essentialiser une exploitation et une domination dans leurs statuts d'emploi, de précarité et de salaires.

Dans une époque où le profit à tout prix devient la norme et se veut le seul idéal de vie et de réussite sociale, les pouvoirs publics semblent découvrir que ces « petites mains, premiers de corvées » pour leurs tâches ingrates valaient davantage que les soi-disant, « premiers de cordées » dont le bien-être égoïste repose sur un individualisme sans limite.

Parmi les fonctions assignées aux travailleuses et travailleurs du lien social, il y a celle d'assurer aux personnes dont elles doivent assurer la prise en charge leur égalité de droit tout en veillant à ce que celui du droit à la reconnaissance de leurs situations particulières ne les conduise pas à des droits différents mais « à part » mais plus « à part entière » pour reprendre la formule de Monique Chevrier-Gendrau qui en fait la critique.

Une position et une combinaison difficile à réaliser, car elles supposeraient de pouvoir concilier une approche universaliste qui prendrait en compte les particularismes pour s'en enrichir. Nous touchons là une question qui semble théorique mais qui est pourtant le quotidien dans l'intervention sociale.

Sous l'ancien régime, la prise en charge des populations « exclues » (gueux, vagabonds, malades et invalides), leur prise en charge reposait sur une démarche caritative.

L'idéal de 1789 avait souhaité substituer à celle-ci, héritée de la morale religieuse chrétienne, celle d'une « bienfaisance révolutionnaire » et d'une prise en charge respectant les valeurs républicaines dans le droit et le respect des personnes.

La notion de « Solidarité » produit des courants de pensées philanthropiques, en sera la valeur de référence consensuelle et va se forger dans la seconde moitié du XIXe siècle : « Elle substitue à l'exigence morale de justice le principe d'une réparation sociale de préjudices par nature aléatoires ». (Donzelot, 1984, 140).

Elle sera récurrente à toutes les formes de prise en charge auxquelles vont être accordées, au titre de la solidarité, des mesures d'aides et d'assistances particulières.

Cependant, le fait que les racines de l'aide apportée puisent leurs sources à partir du sentiment religieux pourrait nous amener à rappeler certaines critiques de la notion d'action caritative. Le philosophe Jankélévitch développait à ce sujet un point de vue de cette approche morale. Évoquant cette légende de Saint Martin qui coupe son manteau en deux pour en donner la moitié à un pauvre qui a froid, il écrivait : « Le résultat c'est peut-être quelqu'un qui n'a plus froid… Mais en tout cas, le pauvre reste pauvre et le riche reste riche… ».

Il ajoutait, « que celui qui tire le plus de bénéfice de la situation, c'est quand même le riche puisqu'il peut y gagner sa "béatification" et son paradis… ».

Plus simplement, comme le dit un proverbe africain, « la main qui donne reste toujours au-dessus de celle qui reçoit ». Nous sommes là dans un cadre idéologique, qui peut donner lieu à controverses.

En fait la question de « la charité » ou celle de « la solidarité » qui lui succède s'appuient sur deux types de références : religieuses et/ou socialistes au sens originel du terme.

Les philanthropies qui en sont à l'origine pouvant se trouver dans l'un ou l'autre de ses champs de prise en compte d'une action sociale jugée nécessaire à la correction des inégalités. D'où le positionnement, à la fois en dehors et au-dedans de la Société d'un État qui se veut, en même temps, au-dessus mais aussi garant et arbitre des antagonismes sociaux. Une situation qui va générer deux types de mise en œuvre des droits.

Le travail social sera à la fois le produit d'une réponse à des besoins collectifs, mais aussi une volonté de les inscrire voire de les circonscrire dans un cadre individuel. Castel reprend cette idée dans son ouvrage, « L'insécurité sociale qu'est-ce qu'être protégé ? ».

Le XIXe siècle a donc vu l'émergence de nouvelles formes de solidarité : à la solidarité organique s'ajoute, en complément, en substitution ou en opposition des solidarités mécaniques, pour reprendre la formule de Durkheim.

Si d'une certaine manière la division des espaces privé et public avait pour fonction de résoudre cette contradiction, la frontière ne pouvant être étanche, l'irruption dans la deuxième moitié du XXe siècle des mouvements revendiquant le droit à (se) voir reconnaître (dans) leur particularisme (et) dans l'espace public a, en France, bouleversé ce consensus (Ehrenberg, 1999. 103).

D'autant que la crise économique des années 80 « métamorphose la question sociale » comme le disait Robert Castel, et ce qu'il appelle « désaffiliation » l'emporte avec une crise des solidarités et la fin de « l'État Providence ».

En fait la structuration du secteur social repose sur un engagement dont les précurseurs ont été d'abord des Bénévoles et des Militants, avant que d'être des professionnels. Le militantisme social se situe lui sur le terrain du combat pour la justice sociale.

À partir des constats contemporains, il est légitime de s'interroger sur le chemin parcouru dans ce combat. La plupart des Sociologues depuis Durkheim, jusqu'à Castel et Bourdieu convergent pour considérer que le rôle des Institutions étatiques ne doit pas être qu'oppressives mais aussi protectrices.

Le contrôle social et celui qu'exerçait « la communauté de l'ancien régime n'étaient pas seulement répressifs mais aussi régulateur des formes de vie sociale acceptables pour la survie du groupe dans l'ensemble de ses dimensions.

« Toujours est-il que l'État n'est pas par lui-même un antagoniste de l'individu. L'individu n'est possible que par lui [...]. C'est lui qui a soustrait l'enfant à la dépendance patriarcale, à la tyrannie domestique, c'est lui qui a affranchi le citoyen des groupes féodaux, plus tard communaux, c'est lui qui a affranchi l'ouvrier et le patron de la tyrannie corporative » (Durkheim, Leçons de Sociologie, in Corcuff, 2003, 67).

Mais comme a pu l'énoncer Bourdieu lorsqu'il postule, qu'au moment où sous couvert de décentralisation, « l'État se retire ou est en train de se retirer d'un certain nombre de secteurs de la vie sociale qui lui incombait [...]. « Ce que l'on décrit comme une crise du politique, un antiparlementarisme, est en réalité un désespoir à propos de l'État comme responsable de l'intérêt public » (2002, 11).

Cet appel à l'intérêt privé, a pour effet précisément de priver l'individu de ces cadres collectifs nécessaires à ses constructions individualistes (en les privatisant) : « Pour pouvoir se projeter dans le futur, il faut disposer au présent d'un minimum de sécurité. Dès lors traiter sans naïveté comme un individu une personne en difficulté c'est mettre à sa disposition ces supports qui lui manquent pour se construire comme un individu à part entière » écrit Castel, et pas entièrement à part comme nous l'avons déjà dit.

« Supports qui ne consistent pas seulement en ressources matérielles ou en accompagnement psychologiques, mais aussi en droit et en reconnaissance sociales nécessaires pour assurer les conditions de l'indépendance » (2003, 76).

D'autant qu'avec ce qui a été appelé « crise de l'État Providence », si la question économique est devenue une dimension qui paraît incontournable dans l'action sociale, ce n'est pas en termes de redistribution que le débat se mène, mais en termes de charges sociales, de coût à la collectivité, qu'elle soit nationale, ou locale. Quand « les exclus » sont invoqués c'est d'abord en disant qu'elles et qu'ils sont déjà trop nombreux et coûtent cher : ce qui est faux. Dans nos Pays occidentalisés ils sont remis en cause mais au plan mondial, les deux tiers de l'humanité vivent largement au-dessous du seuil de pauvreté.

Du coup même les moins riches des pays occidentaux apparaissent comme un Eldorado pour les peuples qui connaissent, guerres famines et oppressions sous toutes leurs formes, mais c'est déjà entamer un propos qui va être considéré comme politique et partisan.

« La France ne peut pas accueillir, toute la misère du monde » est devenue le credo tragique qui prévaut, dans une période où elle ne veut pas non plus assumer celle du système économique et politique dont elle se prévaut, le capitalisme pour le nommer par son nom, et qui en est la première des causes. Sur le plan national comme au plan international : la solidarité se doit d'être sans frontière, et comme le disaient et nous ont enseigné les révolutionnaires sandinistes de 1979 : « elle est la tendresse des peuples ! ».

Pourtant, depuis la fin des années 70, dans notre pays, les différents gouvernements qui se succèdent ont entamé une politique qui vise à démanteler les acquis de ce qui était un État-providence.

Produit de luttes sociales, ce terme est devenu péjoratif et alimente un discours sur « l'assistanat » et le soi-disant détournement qui en seraient faits. Et voilà qu'apparaît un autre langage. Des terminologies comme « population cible », « mener la guerre » à la pauvreté deviennent les mots d'ordre et les lignes de conduites à avoir dans l'exercice professionnel.

Bien sûr personne n'ose dire qu'il s'agit d'une guerre contre les pauvres, mais de lutter contre la pauvreté pour l'endiguer. Si l'appellation « classe dangereuse » est tombée en désuétude, il reste des « populations à risques, » ou moindre mal, « fragilisées ». Il est vrai que parler de « classe dangereuse » ou « classe inférieure », n'est pas « politiquement correct », même si certains ouvrages de sociologie anglo-saxonne parlent de « underclass », équivalent français pour la « classe en dessous ».

Tout cela, aurait-il à voir avec la guerre sociale, puisque précisément le travail du lien social a comme fonction d'assurer la paix sociale. En fait la fonction de moralisation, et de normalisation demeure, quoique l'on en dise ou en pense, l'objectif des politiques sociales.

« Il faut responsabiliser les parents pour faire face à leur démission éducative », devient l'opinion que l'on se doit d'avoir pour justifier l'intrusion dans les espaces privées où ce sont davantage des discours moralistes qui doivent prévaloir plutôt que celui de moyens matériels, financiers et en personnels pour justement accompagner des actions sociales qui doivent conduire à l'émancipation par l'apprentissage de l'autonomie.

Enfin, pour qui veut contester ce discours stigmatisant, cette antienne de la vérité du « terrain », contre la réflexion et la théorie qui seraient coupées de la réalité et du « quotidien vrai ». Une quête et, une exaltation d'un « authentique », double clin d'œil à la nature et à la tradition qui rappelle l'ordre vichyste que certains nous ramènent à grand renfort de médias dans le débat politique tout en taisant son nom.

Nous vivons un formidable retournement des notions d'un universalisme respectueux de l'égalité de droit et de solidarité. Il serait effectivement plus simple de rappeler que le droit à l'emploi (qui est dans notre Constitution) est une condition première pour pouvoir se nourrir et se loger et que la mise en œuvre effective de réponses à ces nécessités devrait être des droits universels et respectés.

– Le droit à l'éducation devient « une chance à saisir » et pour ceux qui n'auront pas su ou pu, la prendre, voilà de manière « généreuse » leur est offert « une école de la deuxième chance ».

Pourtant, c'est sur le terrain de la dimension citoyenne de l'égalité de droit et de la non-discrimination, que ce combat solidaire doit être engagé.

Là, est la frontière à franchir entre l'engagement politique et l'intervention sociale. Et c'est ce choix que fait Katia Yakoubi en publiant son ouvrage. Précisément parce que cette dernière n'ignore en rien que nos métiers ont une dimension intrinsèquement politique.

L'action sociale devrait avant tout être un droit à pouvoir bénéficier de services publics qui répondent à l'ensemble des besoins élémentaires comme ceux de se nourrir et de se loger dans des conditions de dignité reconnues et respectées.

La mission première d'un Service social solidaire devrait être celle de pouvoir répondre à des besoins primaires essentiels certes, au sein duquel le droit à l'Éducation et à la santé, ne sont pas moindre que celui de manger à sa faim et d'accéder à la culture sous toutes ses formes.

On pourrait s'interroger pour savoir si les Travailleuses et Travailleurs du lien social ne sont pas dans cette ambiguïté que François Dubet évoque à propos de la fonction des métiers de la médiation dans son ouvrage « Le Déclin de l'Institution », lorsqu'il écrit :

« Dans une large mesure, tout se passe comme si devant certaines difficultés, on avait choisi de salarier des conduites sociales banales, celles que toute communauté humaine mobilise sans même le savoir par le biais de la courtoisie, du contrôle social quotidien, de l'entraide élémentaire, de l'écoute et de la capacité de se conduire comme des adultes ».

Concernant le dernier terme, nous pourrions y ajouter le qualificatif responsable de ses devoirs et de ses droits ou le remplacer par « citoyen ». (Septembre 2002, Page 270)

C'est donc au coude au coude que Travailleuses et Travailleurs du lien social et population devraient se retrouver autour d'une exigence commune d'avoir un service public de solidarité sociale.

Et quoique l'on puisse en penser, dans la situation professionnelle, si la relation peut tendre vers des formes démocratiques, et même si elle est de par le mandat, d'abord hiérarchiquement verticale et inégalitaire, ne serait-ce que par la réalité du Statut de chacun des protagonistes ou partenaires pour employer un terme en vogue, seul l'engagement politique est à même de faire avancer cette question et de construire des relations plus horizontales et égalitaires.

Les objections contre la volonté de s'en remettre à un « Tout État », sont nombreuses et légitimes. Mais, nous pensons que le secteur social riche de son expérience associative est en mesure de relever ce défi.

Et nous posons en conséquence, la question démocratique. Pour désigner ces « petites mains du social », Bourdieu usait d'une métaphore intéressante en parlant de la « main gauche » de l'État. Ces « agents des ministères dits dépensiers qui sont la trace au sein de l'État des luttes sociales du passé » et il ajoutait, « ils s'opposent à « la main droite » aux énarques du Ministère des finances des banques publiques ou privées ».

Si elles et ils reconnaissent leur souffrance, celle d'être confronté chaque jour à « la Misère du Monde », il disait alors « Nombre de ces mouvements sociaux auxquels nous assistons (et nous assisterons) expriment la révolte de la petite noblesse d'État contre la grande noblesse d'État ». (1998, 10, et 11)

Il est effectivement difficile à « la main gauche » que sont les professions du social d'ignorer ce que fait « la main droite » et que le déclin de « l'État-providence » masque la montée en puissance de « l'État-Pénitence » où le tout répressif sera la réponse aux problèmes d'inégalités sociales.

Nous vivons une crise du politique qui n'épargne pas notre catégorie sociale, qui n'est pas sans rappeler que 1789 a aussi été rendu possible par l'alliance d'une partie des petits aristocrates paupérisés, voire d'une aristocratie éclairée par le souffle de la philosophie des Lumières.

Différentes lectures nous éclairent sur cette situation. Avec son ouvrage, François Dubet nous invite à réfléchir au « Déclin de l'Institution » et celui de Philippe Gourcuff « La Société de verre » nous rappelle que les Lumières sont aujourd'hui « tamisées ».

Les frontières sociales ne sont jamais étanches, et pour reprendre le parallèle déjà évoqué, l'aristocratie « déclassée » qui s'est rangée aux côtés du Tiers état, ou les paysans vendéens qui se rangent au côté de la réaction contre-révolutionnaire nous enseignent que rien n'est a priori totalement déterminé par la position et l'appartenance sociale première. C'est donc dans cette perspective que les Travailleuses et Travailleurs du lien social pourraient s'inscrire à quelques conditions :

– La prise en compte de la singularité des individus ne s'oppose pas par principe à l'existence de cadre collectif qui doit en permettre l'expression et l'épanouissement.

Cette question de la quête légitime d'une individualité que les conditions modernes rendent « incertaine » n'est pas une question nouvelle qui se pose aujourd'hui. Elle est historiquement celle des Sociétés humaines qui font rupture avec une conception « holiste » de l'organisation sociale.

Contrairement à la vulgate marxiste, cette préoccupation d'une affirmation et d'un épanouissement de l'individu est au cœur de la réflexion de Marx, lorsqu'il écrit dans la VIe Thèse sur FEUEURBACH (1845) : « L'essence humaine n'est point chose abstraite, inhérente à l'individu isolé. Elle est dans sa réalité, l'ensemble des relations sociales » note Corcuff qui reprend cette idée émise par Marx et Engels dans « l'idéologie allemande » :

« La société idéale est seulement une juxtaposition d'individus libres : c'est en somme la théorie individualiste de la Révolution française, réalisée cette fois grâce à la suppression des classes et de toute instance transcendant l'individu ».

Marx assume donc totalement cet héritage des Lumières. Sa pensée n'a rien à voir avec cette idée d'un « communisme vulgaire et collectiviste » qui promeut « le nivellement des Êtres humains, en niant partout la personnalité de l'Homme. Ce communisme vulgaire qui s'appuie sur l'envie et la cupidité est l'antithèse du communisme de la singularité individuelle défendue par Marx. Ce communisme vulgaire, cherche à tout ramener au même niveau au lieu de créer les conditions d'un déploiement des singularités individuelles dans ce qu'elles ont d'irréductible les unes par rapport aux autres » (Corcuff, 2003, 32).

Voilà donc une réflexion qui pourrait inspirer la ligne de conduite des Travailleurs Sociaux.

À la condition qu'ils sortent de la vision univoque de leur position sociale où la culpabilité de leur fonction normative est souvent l'obstacle à une prise de position d'engagement responsable et où la plupart d'entre eux s'autocensurent de tenir un discours politique. Et l'intérêt du Travail de Katia Yakoubi est précisément cette volonté de ne pas cloisonner, engagement professionnel et engagement politique et que les professionnels de l'action sociale se doivent d'être à la pointe des luttes militants : comme l'a fait Katia dans son combat contre les punaises de lits.

Une question qui est une de ces autres « patates chaudes » dont les différents publics se renvoient la responsabilité.

Nous rejoignons une fois encore Bourdieu lorsqu'il postule, qu'au moment où sous couvert de décentralisation, « l'État se retire ou est en train de se retirer d'un certain nombre de secteurs de la vie sociale qui lui incombait [...] « Ce que l'on décrit comme une crise du politique, un antiparlementarisme, est en réalité un désespoir à propos de l'État comme responsable de l'intérêt public » (2002, 11).

Cet appel à l'intérêt privé, prive l'individu de ces cadres collectifs nécessaires à ses constructions individualistes. Point sur lequel se rejoignent Castel et Corcuff.

« Pour pouvoir se projeter dans le futur, il faut disposer au présent d'un minimum de sécurité. Dès lors traiter sans naïveté comme un individu une personne en difficulté c'est mettre à sa disposition ces supports qui lui manquent pour se construire comme un individu « à part entière » écrit Castel, et pas entièrement à part ajouterions-nous.

« Supports qui ne consistent pas seulement en ressources matérielles ou en accompagnement psychologiques, mais aussi en droit et en reconnaissance sociale nécessaires pour assurer les conditions de l'indépendance » (2003, 76).

S'il faut prendre parti le Travailleur du lien social doit permettre dans sa fonction la construction d'opinion, c'est-à-dire donner dans la mesure des moyens dont il est possible de disposer toutes les connaissances pour que les choix les plus adaptés aux personnes puissent se faire par celles et ceux qui en sont actrices et acteurs premiers : les populations concernées en refusant de les enfermer dans un statut victimaire que différentes approches y compris théoriques vont essentialiser.

Enfin ne pas se contenter de proposer des choix possibles et ne pas réduire son action à une distribution de prestation même avec l'empathie la plus extraordinaire.

« Sens et connaissance n'impliquent nullement conscience » écrit Bourdieu (2002, 174).

Les agents sociaux et les dominés eux-mêmes sont unis au Monde social (même le plus répugnant et le plus révoltant) par un rapport de complicité subie qui fait que certains aspects de ce monde sont toujours en delà ou en deçà de toute réflexion critique. C'est par l'intermédiaire de cette relation obscure d'adhésion quasi corporelle que s'exercent les effets du pouvoir symbolique » ajoute-t-il.

Peut-être faut-il alors simplement considérer « qu'il est plus facile d'avoir une opinion pour se croire intelligent que de devenir intelligent en construisant ses opinions ».

Car il ne faut en rien magnifier les Sociétés anciennes au sein desquelles l'humain n'est jamais totalement « naturel ». Clastres, (1995, 168) déjà cité écrit à ce propos :

« La propriété essentielle de la Société primitive, c'est d'exercer un pouvoir complet sur tout ce qui la compose, c'est-à-dire d'interdire l'autonomie de l'un quelconque des sous-ensembles qui la constituent […]. La tribu manifeste entre autres (et par la violence s'il le faut) sa volonté de préserver cet ordre social primitif en interdisant l'émergence d'un pouvoir politique individuel, central et séparé ».

Cette situation qui fait penser à la situation qu'impose l'organisation capitaliste au sein des entreprises ne peut recevoir l'assentiment de toutes celles et tous ceux qui souhaitent que l'être humain ne reste pas prisonnier de son animalité. Si le contrat de travail est un acte unilatéral de subordination, il ne signifie jamais une obligation de soumission absolue.

« Le libre arbitre » est une des premières instances à la résistance. Surtout s'il appuie sa détermination sur les acquis sociaux collectifs et les cadres de luttes collectives.

Cette posture est effectivement difficile à tenir sur un plan individuel, mais il ne faut pas oublier que les rapports Employeurs/ Employés ne sont pas seulement interindividuels mais s'inscrivent dans le cadre d'un rapport de force collectif.

La parole de l'autorité dans l'entreprise si elle se situe du côté de l'employeur, fusse-t-elle à plus forte raison du secteur de l'économie « sociale et solidaire », n'interdit en rien aux salariées et salariés à devenir actrices et acteurs et à s'autoriser à avoir une expression politique.

Puisque finalement, la question sociale pourrait être débattue de manière tout à fait explicite :

– Celle d'une appropriation sociale, démocratique et collective des moyens de production et de services.

Une Société qui pour répondre à ses besoins doit être en capacité de se donner les moyens de répondre aux besoins de l'ensemble de ses membres y compris de ceux qui n'auront pas les moyens de le faire. Il y a donc toujours une nécessité d'avoir un surproduit social qui ne doit pas être la propriété d'un individu qui va décider tout seul de sa redistribution.

Ce débat doit associer l'ensemble des membres producteurs et non producteurs. Et dans ce débat, les Travailleuses et Travailleurs du lien social restent celles et ceux qui vont remplir cette fonction de redistribution de la solidarité publique.

Elles et ils ne sont donc ni unique décideur, ni propriétaire de celle-ci.

Seulement un agent social nécessaire, mais qui ne décide pas de manière unilatérale les formes que cette redistribution doit prendre.

Dans une période de juridicisation des relations sociales, où la juxtaposition de défense des droits particuliers n'est que l'addition des égoïsmes nous rejoignons ce que Jankélévitch posait comme condition à la vie sociale : « le premier de mes droits c'est les devoirs que j'ai envers l'autre » (1 981,176).

En faire une des conditions de l'exercice professionnel c'est renforcer la démocratie et s'engager dans un chemin sur lequel elle ne s'achèvera que de s'accomplir.

Pour reprendre une proposition de Bourdieu, que nous rappelle Corcuff (2003, 71), « il faut toujours risquer l'aliénation politique, pour échapper à l'aliénation politique ».

Henri SAINT-JEAN
(Décembre 2021)

CMP SANS MÉDECINS !
HÔPITAUX SANS LITS !

La prise en charge psychologique sans moyens.

Travailleuse sociale de formation, plus précisément Conseillère en Économie Sociale et Familiale (CESF), j'accompagne des personnes bénéficiaires du Revenu de Solidarité Active (RSA) qui sont dans des précarités diverses dont notamment celles en lien avec la santé. Je souhaite proposer la création d'une troisième voie pour un public aujourd'hui abandonné des institutions existantes. Une voie entre le RSA et l'AAH (Allocation Adultes Handicapé).

Ce livre consistera à expliquer pourquoi il est nécessaire de la construire. Dans l'association pour laquelle je travaille, nous accompagnons des personnes trop malades pour s'impliquer dans des démarches dites d'insertion qui s'effectuent à travers un accompagnement à l'emploi et à la formation mais, pas assez malades pour prétendre à l'AAH d'un montant de 890 euros accordée par la Maison Départementale pour les Personnes Handicapées (MDPH) et sortir du dispositif RSA, trop contraignant pour elles. Les contraintes du RSA seront étudiées dans le second chapitre de ce livre. Mes collègues et moi, nous nous retrouvons à accompagner des personnes au sein de nos services sans pouvoir répondre à leurs besoins particuliers.

Pour pallier les contraintes du dispositif RSA, nous travaillons avec des partenaires extérieurs en lien avec le parcours du soin, tels que les centres médicaux psychologiques, les équipes mobiles etc. Nos partenaires souffrent aussi du manque considérable de moyens humains et matériels, ce qui les empêchent aussi de répondre à l'accès au soin. En exemple, le CMP de la belle de Mai dans le 3e arrondissement de Marseille, compte 1 300 patients pour 1.5 médecins psychiatres seulement ! Le service tourne la plupart du temps sans médecin alors que le public nécessite tout particulièrement la présence de psychologues. La liste d'attente pour des demandes d'hospitalisation ne fait qu'augmenter car seul un médecin avec un diagnostic médical psychologique est en mesure d'en faire la demande.

À cela vient s'ajouter, la fermeture des lits venant des décisions politiques néolibérales incitant à avoir le même niveau de service à moindres coûts.

Sans lits, sans médecins, nous avons des patients en situation de décompensation mentale dans les rues qui peuvent être un danger pour eux et pour les autres.

Ces patients peuvent se retrouver dans les commissariats après des plaintes pour violences… Ils peuvent être remis sur un parcours de soin, si par chance, les agents de police arrivent à déceler que leur état psychologique n'est pas compatible avec la garde à vue et qu'un lit puisse se libérer.

Chapitre 1 :
Un accompagnement concret : celui de Monsieur T.

Dans ce chapitre, je vous parlerai d'une Intervention Sociale d'Aide à la Personne, « ISAP », dans le jargon social, que j'ai entamée avec une personne que je nommerai « Monsieur T » pour des raisons de confidentialités.

J'accompagne Monsieur T. dans le cadre du dispositif RSA depuis un peu plus d'un an. Âgé de 31 ans, il est hébergé gratuitement chez ses parents. En un an d'accompagnement, nous nous sommes vus 4 fois et nous avons eu 13 échanges téléphoniques.

Les déplacements pour Monsieur T posent en effet de grandes difficultés. Cet accompagnement s'inscrit parmi les 150 autres que je dois effectuer sur 35 heures de travail par semaine sans compter les réunions internes, externes avec les partenaires, les visites à domicile, le travail administratif qui prend de plus en plus de place.

Il s'agit selon la définition du Conseil Supérieur du travail Social (CSTS), d'une démarche volontaire et interactive, menée par un travailleur social qui met en œuvre des méthodes participatives avec la personne qui demande ou accepte son aide, dans l'objectif d'améliorer sa situation, ses rapports avec l'environnement, voire de les transformer. L'intervention sociale d'aide à la personne s'appuie sur le respect et la valeur intrinsèque de chaque personne, en tant qu'actrice et sujet de droits et de devoirs.

L'association dans laquelle je travaille se présente sur son site internet comme ayant « pour projet l'aide et le soutien aux personnes et familles en grande précarité, dans le respect de leur situation, de leur culture, de leurs origines, de leur spiritualité et de leur souhait ».

Le territoire d'intervention dans lequel j'effectue mon travail, se situe au centre-ville de Marseille, dans le territoire aux arrondissements : les plus pauvres d'Europe selon l'Insee (Institut national de la statistique et des études économiques). Notre association à plusieurs services, et celui dans lequel j'exerce est un lieu d'accueil RSA. Riche d'équipes dynamiques et professionnelles, notre association fait preuve d'adaptabilité et répond à la commande publique par des projets innovants.

Au fil des années ces commandes publiques deviennent difficiles à réaliser, car le travail social engendre aussi des coûts que l'association doit pouvoir supporter. Faire des économies sur le travail humain est une gymnastique qui ne doit pas être de tout repos pour les gestionnaires. Comme toute entreprise, l'association n'a aucun intérêt à avoir les comptes des résultats déficitaires. L'action du lieu d'accueil RSA a pour objet de recevoir, d'informer et d'assurer le suivi social des foyers bénéficiaires dans leur parcours d'insertion ; avec comme supports et outils le Contrat d'Engagement Réciproque (CER).

C'est dans le cadre d'une convention d'accueil et de suivi des bénéficiaires avec le Conseil Départemental que notre action se définit. Cette convention prévoit la contractualisation de 1 040 (fourchette basse) à 1 400 foyers (fourchette haute), soit 150 bénéficiaires du RSA pour un équivalent temps plein, domiciliés sur les 2e et 3e arrondissements de Marseille. Les contrats que nous signons au sein de notre association sont des contrats dits « santé » pour 40 % d'entre eux.

La population est en général vieillissante avec d'importantes difficultés de santé, en grande précarité, ceci lié au budget et au logement. Elle est très peu formée et/ou pas qualifiée ; domiciliée dans le quartier le plus paupérisé du territoire, touchée de plein fouet par le mal logement et l'habitat indigne.

La rue d'Aubagne pourrait en témoigner. D'ailleurs j'écris ces lignes ce 5 novembre, triste anniversaire.

L'établissement dans lequel je travaille s'articule autour de trois pôles : le PÔLE ASILE, le PÔLE SOCIAL et le PÔLE RESSOURCE.

PÔLE ASILE : composé des établissements et services qui accueillent, accompagnent et hébergent des familles et personnes isolées, mineures ou majeures, migrants, demandeurs d'asile, ou ayant obtenu le statut de réfugiés.

PÔLE SOCIAL : douze établissements et services œuvrant pour l'insertion des publics en grande précarité. Structures d'hébergement, lieux d'accueil, plateforme téléphonique ou équipes mobiles concourent à l'inclusion des plus vulnérables.

PÔLE RESSOURCE : il est composé des compétences et des savoirs faire qui ont pour mission de favoriser l'organisation et la qualité de l'ensemble des missions de l'association. Il comprend l'ensemble des fonctions-supports de l'association.

Je travaille sous l'autorité de la direction du pôle social, accueil et insertion. Nous avons pour mission d'accompagner ces personnes dans leurs démarches d'accès au logement, de maintien à domicile et leurs démarches sociales, administratives, juridiques et financières. Nous les accompagnons, lorsqu'il est possible, avec l'entourage et en partenariat avec les acteurs du territoire et professionnels du champ médical et social.

À l'heure où j'écris ces lignes, j'accompagne toujours Monsieur T et j'envisage la fin de l'accompagnement pour bientôt ; notre service étant démuni face à sa situation. J'envisage alors une orientation qui lui pourrait être plus bénéfique que celle qu'on lui a proposée jusqu'à présent.

Il faut savoir que chaque accompagnement illustre dans le temps l'évolution d'un lien de confiance dans la relation avec l'accompagné favorisant ainsi une démarche de co-élaboration avec elle dans son projet de vie. Cet accompagnement demande toujours un travail de distanciation tout en étant dans une approche empathique avec chaque personne.

Origine de l'intervention

C'est le Conseil Départemental (CD) qui oriente les personnes que nous devons contractualiser. Nous devons alors évaluer l'urgence de la situation, établir un diagnostic social avec pour objectif principal la sortie du dispositif RSA.

Monsieur T se présente à l'accueil avec une fiche d'orientation du Conseil Départemental et un premier rendez pour la contractualisation est alors fixé.

La première rencontre

La première rencontre a eu lieu dans les 10 jours suivants, comme le réglemente la convention avec le Département. Monsieur est accueilli dans la salle d'attente près de l'accueil où travaillent les deux secrétaires de l'association. Je demande à Monsieur T de me suivre jusqu'à mon bureau et lui montre la chaise sur laquelle il doit s'asseoir. Il regarde la décoration de la pièce et me dit qu'il trouve les tableaux « jolis ». C'est alors que l'échange démarre et je lui raconte que les tableaux ont été peints par des personnes que j'accompagne. Il ne dit rien et sourit. J'ai en face de moi un jeune homme, brun, barbe de trois jours avec un teint qui me semble très pâle. Il est amaigri et un peu plus grand que moi, je mesure 1m74. Il a l'air très préoccupé par cet entretien. Il se tient assis devant moi sur la chaise noire et son regard est très évasif. Je me présente alors comme étant référente sociale. Il sourit à nouveau.

Comme pour chaque entretien, j'introduis : « Bonjour, je m'appelle Katia Yakoubi, nous sommes ici pour signer un contrat d'engagement réciproque, savez-vous ce que c'est ? ».

Face à sa brève réponse négative, j'engage alors la discussion sur les droits et devoirs du CER en le lui montrant la première page qui définit le RSA et l'utilité du dispositif. Beaucoup se lassent de ces explications administratives et j'en ai bien conscience. Monsieur T n'est pas une exception à la règle, moi aussi je trouve cela rébarbatif.

Je lui dis ensuite : « Je vais vous poser beaucoup de questions, vous demander peut-être des documents tels que votre carte d'identité ; ça sera la partie de l'entretien obligatoire ennuyante pour tous les deux mais on pourra ensuite discuter de ce qui vous semblera utile à apporter dans cet accompagnement ». Il sourit, semble se détendre et me dit « vous ne m'ennuyez pas, c'est votre travail, normal ! ».

On y va donc et nous commençons par le dossier administratif « nom, prénom, âge, téléphone, adresse etc. ». Nous passons ensuite aux questions thématiques « dossier santé », « dossier emploi/ formation », « dossier logement ».

Mes questions sont entrecoupées de remarques bienveillantes : « Je sais, ça fait un peu interrogatoire. Ces questions me permettent de savoir si tous vos droits sociaux sont bien ouverts, sinon je me propose de vous aider à en faire la démarche ».

Monsieur T hoche de la tête en signe d'approbation et me donne son consentement pour poursuivre. Quand on est bénéficiaire du RSA, on se retrouve souvent dans des bureaux et on doit raconter sa vie. On peut facilement imaginer que certains peuvent le vivre comme s'ils devaient se justifier de leur présence. Comme si être bénéficiaire des minima sociaux n'était pas déjà une épreuve. Mon objectif dans ce premier entretien est d'instaurer un climat de confiance, afin qu'ils puissent dévoiler une partie de leur vie privée de façon consentie. Je souhaite qu'ils comprennent que je suis là avec eux, pour eux et que je ne ferai pas à leur place et que je suis un levier sur lequel ils peuvent s'appuyer dans le champ d'intervention qui est le mien avec les moyens que m'offre l'association dans laquelle je travaille.

Les réponses peuvent être multiples. Certains échangent brièvement par des réponses fermées, d'autres se livrent un peu plus à chaque question.

En fonction, le travailleur social doit recadrer l'entretien en gérant le temps dont il dispose. Les rendez-vous se succèdent et l'heure d'entretien que nous pouvons consacrer peut-être très courte.

Je suis ainsi consciente de la notion du temps dans mon travail, de son importance et de ses effets dans ma pratique. Souvent des personnes expriment leur volonté de faire les choses rapidement, elles pensent que les travailleurs sociaux usent de baguettes magiques pour résoudre toutes les difficultés quotidiennes ; notamment quand il s'agit de l'attente d'un relogement qui pour certaines, peut prendre jusqu'à 10 ans. Il en va de même quand on instruit un dossier concernant la retraite ou un handicap et qu'on s'étonne toujours du temps que les institutions mettent pour le traiter.

Je suis une personne qui, personnellement n'est pas très patiente. J'aime quand les choses vont vite. Mon métier m'a appris à composer avec des temporalités contraires à mes attentes. C'est alors mon devoir de mettre au cœur de notre entretien la gestion d'une temporalité que je dois m'approprier avec la personne que j'accompagne.

Le Contrat d'Engagement Réciproque est validé lui-même selon un temps défini en fonction du projet de la personne. Il peut être de 3, 6 ou 12 mois. Ce contrat doit être renouvelé 1 mois avant la fin de son échéance. Durant ce temps que nous proposons au Conseil Départemental nous élaborons des objectifs clairs et précis et nous déclinons les étapes pour parvenir à les atteindre. Pour Monsieur T, un des objectifs était de faire sa demande de complémentaire santé solidaire, ce qui imposait un délai d'attente de deux mois environ.

Durant l'entretien, j'apprends qu'il a un suivi médical spécialisé. Il m'informe que sa situation est déjà connue du directeur du pôle d'insertion, soit le pilote sur un territoire donné du dispositif RSA. Je lui demande s'il a à sa disposition un certificat médical et me répond qu'il est suivi par le CMP de la Belle de Mai et qu'il a des rendez-vous réguliers avec ce dernier.

Sans connaître sa problématique de santé, je sais que lorsqu'un suivi avec le CMP est en place, la question de la santé mentale est posée. Je l'informe aussi de la possibilité d'instruction d'un dossier M.D.P.H. Je lui propose de voir avec le professionnel qui l'accompagne la pertinence de cette démarche et l'informe que la décision lui appartient entièrement. Devant cette précision, il me donne son accord pour lui fournir un exemplaire du dossier.

L'entretien arrive à sa fin : je lui donne mon numéro de téléphone pour qu'il prenne un nouveau rendez-vous avec moi, ceci afin de l'aider à finaliser la demande du dossier M.D.P.H. Je comprends à travers l'entretien que Monsieur T n'est pas disponible pour le moment pour qu'on puisse envisager une action d'insertion socialisante et/ou à visée emploi.

Il y a une problématique santé qui freine monsieur dans ses démarches et je dois en tenir compte. Nous faisons un point au prochain rendez-vous dans quelques semaines, le temps qu'une relation de confiance puisse se créer.

Lors des premiers entretiens, nous ne pouvons exiger de tout savoir d'eux, tout comprendre. Le temps fera les choses et ce temps dépend de chacun.

Le Conseil Départemental, lui, souhaite accélérer le temps. Il lui faut pour chaque CER, un compte rendu informant de l'avancée du « dossier », et une évaluation des objectifs fixés.

Le travailleur social doit alors ne pas avoir des objectifs trop ou pas assez ambitieux pour la personne qu'il a en face de lui.

Monsieur T, lors de ce premier rendez-vous, n'a pas souhaité se livrer davantage. J'ai recueilli dans le dossier de monsieur les données qui relèvent principalement de l'administratif. Pour établir un véritable diagnostic social, je dois alors avoir plus de temps à mon tour et laisser la relation d'accompagnement se dérouler à son rythme.

D'autres entretiens ont eu lieu, entre ceux effectués par téléphone. J'en apprends un peu plus sur la personne. Lors de ces rencontres, j'ai pu faire la connaissance de ses parents et de sa tante.

Histoire de vie : Monsieur T a 31 ans. Il a un frère et une sœur plus jeunes que lui. Son frère et sa sœur sont toujours scolarisés, quant à lui, il a arrêté ses études après le bac. À cette époque, il était tombé amoureux d'une fille pour qui, d'après sa mère, il donnait tout. Il se serait endetté pour la couvrir de cadeaux inimaginables. Toujours d'après elle, il a eu une enfance « normale ».

Budget et logement : Monsieur T n'a pas eu le dernier versement de son RSA. C'est sa mère qui le perçoit à sa place car depuis la fermeture de son compte bancaire, il n'a pas pu en ouvrir un autre. Cette situation est très problématique pour lui ; il m'explique que sa mère l'empêche d'avoir accès à son argent et semble être très en colère contre elle.

Ses parents, de leurs côtés m'expliquent qu'il met tout son argent dans l'achat de drogue et d'alcool. Il vit chez eux actuellement à titre gratuit.

Santé et autonomie : Monsieur a une maladie mentale : la schizophrénie. Il souffre également de dépression. Il a été suivi par le CMP et son dernier rendez-vous date de février dernier, il est donc en rupture de soins depuis plus de 8 mois. Depuis la dernière échéance de sa complémentaire santé solidaire, il n'a pas renouvelé de demande. Il ne peut effectuer ses démarches administratives de façon autonome.

Relations familiales et sociales

Sa mère m'explique qui lui arrive d'être violent avec elle, et me dit avoir parfois peur pour sa vie quand il est dans un état de crise. Monsieur T est coupé du monde et ne sort pratiquement pas de sa chambre et cela depuis des années. Selon sa mère, c'est depuis la séparation avec son ex-compagne. Ses parents ne comprennent pas ce qui a pu lui arriver car ils disent avoir tout fait pour lui, lui avoir donné de l'argent quand il le souhaitait malgré leurs difficultés financières.

Analyse de la situation

Les conséquences psychiques de ses problèmes de santé, ainsi que son isolement ne lui permettent pas d'assurer seul ses affaires quotidiennes. Monsieur T est une personne vulnérable qui, de par sa maladie, peut représenter un danger pour lui-même et pour sa famille dans ce cadre précis. Il faut savoir et préciser que toutes les personnes ayant un problème de santé mentale ne développent pas des violences envers autrui.

Les premières demandes de Monsieur T sont de retrouver son autonomie financière et l'aider à instruire un dossier M.D.P.H. Pour cela, j'ai dû lui créer un nouveau compte bancaire autonome et obtenir un rendez-vous avec ses parents pour leur expliquer qu'ils ne peuvent le priver de son argent même dans un souci de bienveillance, car il est majeur et ne bénéficie pas d'une curatelle ou d'une tutelle. Ses parents demandent alors un internement de leur enfant. Ils évoquent des faits de violence et implorent une réelle prise en charge de leur fils. Ils relatent son dernier internement de 4 semaines : Monsieur T serait revenu à la maison dans un état de mal-être plus conséquent que d'habitude.

Sa mère a une certitude : il faudrait des soins de 2 ans au moins pour que son fils puisse revenir à la maison en étant « comme avant ».

La schizophrénie est une maladie sournoise et complexe. On peut la confondre avec la dépression, un vague à l'âme ou une double personnalité. Cette maladie entraîne des troubles du comportement et des hallucinations.

Le médecin généraliste de Monsieur T, m'informe que les schizophrènes ne se sentent pas malades et qu'ils arrêtent souvent leurs traitements. Les malades seraient alors dans le déni, un véritable cercle vicieux !

De son côté, la mère de Monsieur T me raconte une énième interaction avec son fils. Elle a dû appeler par désespoir la police, il s'est échappé du domicile puis est revenu tard dans la nuit. Elle vit actuellement dans le passé, elle regarde les photos de ses enfants et me dit, assommée et en larmes : « son comportement envers nous a changé au point que je ne reconnais plus mon fils ».

Monsieur T est actuellement chez sa tante car la cohabitation avec ses parents devient de plus en plus difficile. Celle-ci me dit qu'elle ne pourra pas s'en occuper sur le long terme car elle aussi est malade, et a un petit logement. Monsieur T dort actuellement dans le salon, faute de place.

Évaluation-diagnostic

Au vu du recueil de données et de l'analyse et des missions qui m'incombent, plusieurs pistes s'offrent à moi concernant la prévention et la protection des majeurs vulnérables. Je dois alors prendre en compte tous les paramètres que j'ai pu noter jusque-là : les contraintes par rapport au degré d'autonomie, sa maladie, sa violence potentielle, le déni de sa maladie, la difficile relation familiale, son isolement et l'envie de ses parents de le voir interner. Tous ces éléments peuvent être considérés comme une limite à son maintien dans le logement actuel.

Le travail en équipe pluridisciplinaire avec les acteurs du territoire du champ de la santé et du social est à privilégier.

De ce fait, je demande au CMP de se rendre directement chez Monsieur T afin de procéder à une réévaluation médicale, la dernière datant de plus de 6 mois afin que le psychiatre puisse proposer une prise en charge médicale.

Ces derniers m'informent que la présence d'un psychiatre est de plus en plus rare et que ça risquait d'être très long.

Souvent, dans ces situations, le retour à un parcours du soin se fait du commissariat où la personne est en garde à vue vers l'hôpital lorsque les agents de police repèrent une incompatibilité médicale avec une garde à vue.

J'appelle aussi son médecin généraliste pour le tenir informé. Je demande à l'infirmier du pôle d'insertion du conseil départemental une réorientation vers un dispositif moins contraignant et plus adapté. À ce sujet, un nouveau dispositif a pu se créer récemment, il porte le nom de A.M.R pour Accompagnement Mobile Rapproché. Il s'agit ici de proposer un accompagnement de proximité, à un public bénéficiaire du RSA avec ou sans logement ayant de grandes difficultés à accéder ou à maintenir un suivi social dans un lieu d'accueil.

Cet accompagnement, mené par un binôme travailleur social/infirmière, a pour but d'ôter les freins qui empêchent toute démarche.

J'informe le CD que pour Monsieur T, il me sera difficile de renouveler son contrat d'engagement réciproque car il n'est plus joignable au téléphone et qu'il serait bienvenu de ne pas procéder à une coupure du RSA pour autant. Je dois alors me rendre chez sa tante pour l'informer.

Le travail d'accompagnement se faisant à deux, nous parlons depuis le départ d'un projet en coconstruction et je tiens bien à le respecter. Comme de nombreux accompagnements vécus, celui-ci a été riche en apprentissages. Le parcours de vie de Monsieur T amène à nous questionner sur de nombreux points : la question de la dépendance, du soin, de la solitude qui conduit à l'isolement, du dispositif RSA lui-même.

Nous avions certes, avec Monsieur T mis en exergue ensemble des objectifs d'ordre administratif mais qui ne répondent en rien à ses véritables besoins.

En tant que travailleur social, nous savons combien le changement ne peut s'opérer que si la personne est prête et qu'il est essentiel de respecter la temporalité de celle-ci. L'écoute active et empathique pour appréhender le parcours de vie est d'une nécessité absolue. Nous voulons que les bénéficiaires du RSA que nous accompagnons soient toujours acteurs de leurs projets de vie. Nous travaillons toujours à favoriser leur autonomie car nous croyons que c'est par ce canal-là que nous gagnons en liberté et en émancipation. Chaque accompagnement me permet d'instaurer une relation où la confiance va s'installer peu à peu. Je dois aussi garder en tête les limites pour chaque accompagnement et procéder alors à une réorientation si j'évalue l'impossibilité de faire avancer positivement la situation de Monsieur T.

Nous travaillons quand cela est possible en étroite relation avec les proches. On peut la définir comme une relation aidé/aidant. Selon le ministère de la Santé et des Services Sociaux, le proche aidant désigne « Toute personne de l'entourage qui apporte un soutien significatif, continu ou occasionnel, à titre non professionnel, à une personne ayant une incapacité ». Ainsi, les parents et la tante de Monsieur T, par leur aide quotidienne, tiennent un rôle essentiel dans le maintien de lien social. Il semble par contre que les parents et la tante ne sont plus en mesure de continuer à le prendre en charge dans sa vie quotidienne. C'est alors que la société ne doit pas faillir, car combien de personne laisserait-elle sur le bord de la route ? Nous devons alors être à la hauteur des besoins de la société à ce niveau. La vulnérabilité et la prise en charge de cet individu nous questionnent.

Mais au fait, que fait cette personne dans le cadre du dispositif RSA ?

Chapitre 2 :
Le dispositif RSA pour les personnes ayant une santé mentale fragile.

Le RSA est une allocation versée par le Département et qui a pour but de garantir un revenu minimum aux personnes sans ressources ou ayant des ressources inférieures au plafond fixé et sous conditions d'âge (sauf cas particuliers, RSA jeune). Le RSA et/ou une prime d'activité peut alors être attribué à des personnes détenant de faibles revenus d'activité (contrat aidé, missions d'intérim, travail saisonnier, temps partiel, services à la personne). Il est calculé en fonction de la composition familiale et des ressources du foyer selon les articles du Code de l'Action Sociale et des Familles.

La personne doit réaliser elle-même les démarches auprès de la CAF (caisse d'allocations familiales), MSA (mutualité sociale agricole), du CCAS (centre communal d'action sociale), des services et associations habilitées par le Département. Ces organismes peuvent aider à remplir le formulaire de demande et proposer un accompagnement personnalisé. Avant de déposer une demande, les personnes sont invitées à vérifier leur éligibilité en réalisant une simulation de leurs droits suivant leur situation, sur des sites informatiques. Avant d'envoyer ou de déposer la demande, il faut pouvoir rassembler toutes les pièces indiquées en annexe du formulaire de demande selon la situation de chacun : photocopie de la pièce d'identité, relevé d'identité bancaire, etc.

Une fois le dossier constitué, l'organisme auquel a été envoyé ou remis la demande se chargera de l'enregistrer, de vérifier les droits et de calculer précisément le montant de RSA qui sera octroyé.

Infos sur le RSA
https://www.toutsurmesfinances.com/argent/a/rsa-conditions-demande-montants-et-calendrier-de-versement

Depuis 2016, il n'existe plus qu'un seul RSA, le RSA socle, le RSA activité ayant été remplacé par la prime d'activité. En 2021, le RSA pourrait être fondu au sein du futur revenu universel d'activité (RUA) visant à créer une prestation unique sous conditions de ressources (par fusion du plus grand nombre possible d'allocations existantes). Cependant, les travaux préalables à un projet de loi ont été interrompus par la crise sanitaire. À l'image des autres minimums sociaux, les sommes reçues au titre du RSA bénéficient d'une exonération d'impôt sur le revenu. Elles sont donc non imposables et n'ont pas à être reportées dans la déclaration de revenus.

Le droit au RSA n'est pas réservé aux Français : il faut être résident en France de façon stable. L'allocation peut être versée dans les cas suivants :

**Avoir la nationalité française*

**Être ressortissant d'un pays de l'Espace économique européen (Union européenne, Islande, Norvège et Liechtenstein)*

**Être Suisse*

**Être de nationalité étrangère en situation régulière depuis au moins 5 ans avec un titre de séjour en cours de validité*

**Être réfugié ou apatride.*

Sous certaines conditions, il est possible de percevoir le RSA lorsqu'on est âgé de 18 à 24 ans. C'est ce que l'on appelle le RSA jeune ou RSA jeune actif. Ce droit est ouvert lorsqu'on a occupé un emploi pendant au moins 2 ans à temps plein (soit au minimum 3 214 heures) durant les 3 années précédant la date de la demande de RSA.

Dans ce cadre, les périodes de stage et de chômage indemnisé ne sont pas prises en compte.

La condition liée à l'exercice d'une activité professionnelle n'est pas exigée pour les jeunes femmes enceintes ou qui ont déjà au moins un enfant à charge.

Il est impossible de bénéficier du RSA dans les situations suivantes :

**Congé parental*

**Congé sabbatique*

**Congé sans solde*

**Fonctionnaire en disponibilité*

**Étudiant avec un revenu d'activité inférieur à 500 euros par mois.*

<u>Simulateur RSA CAF</u>

Pour le simulateur RSA de la CAF, les informations à saisir sont les suivantes :

Étape 1 : situation

Lieu de résidence : France métropolitaine, Dom hors Mayotte, Mayotte, hors de France

Composition familiale : personne seule sans enfant, seule avec 1 enfant, seule avec 2 enfants, seule avec 3 enfants ou plus ou couple sans enfant, couple avec 1 enfant, couple avec 2 enfants, couple avec 3 enfants ou plus

Situation professionnelle : travailleur indépendant ou non

État civil : âge (moins de 18 ans, de 18 à 24 ans, 25 ans ou plus), nationalité (française, ressortissant suisse ou européen, autre)

Situation familiale : famille monoparentale suite à une séparation, femme enceinte, enfants à charge ou non (si oui tranche d'âge et date de naissance à renseigner)

Situation professionnelle : en activité salariée, employeur ou travailleur indépendant, autoentrepreneur ou microentrepreneur, sans activité, étudiant, étudiant en alternance ou apprenti, en congé sans solde, sabbatique ou parental, motif de la rupture du contrat de travail (démission ou non), secteur d'activité pour les travailleurs non-salariés (artisan, commerçant, profession libérale)

Étape 2 : logement

Logement : propriétaire ayant achevé de rembourser son prêt immobilier, personne logée à titre gratuit ou autre situation (locataire payant un loyer, colocataire, propriétaire n'ayant pas remboursé son crédit immobilier)

Étape 3 : ressources

Revenus du travail et de la formation des 3 derniers mois écoulés, date de cessation d'activité si au chômage depuis peu.

Indemnités chômage et/ou de Sécurité sociale : allocations-chômage des 3 derniers mois écoulés, chômeur en fin de droits ou non, indemnités de Sécurité sociale (indemnités maladie, accident du travail, paternité, maternité ou adoption)

Pensions et rentes : pension alimentaire perçue, autres pensions et rentes (pension de retraite, pension d'invalidité, pension veuvage, rente accident du travail)

Revenus de placements et du patrimoine : loyers perçus au cours des 3 mois écoulés, revenus de placements de l'année n-2 (avis d'imposition 2020 sur le revenu 2019 pour une demande en 2021)

Prestations familiales : allocation logement (APL, ALF, ou ALS), allocation adulte handicapé (AAH), autres prestations familiales (allocation de rentrée scolaire, CMG de la Paje, AEEH, allocation journalière de présence parentale)

Aides financières régulières

Total de l'argent placé : comptes d'épargne (Livret A, PEL, CEL, LEP, LDD...), assurance vie, etc.

Simulateur RSA MSA

Pour le simulateur RSA de la MSA, les informations à saisir sont les suivantes :

Lieu de résidence : France métropolitaine, DOM ou collectivités de Saint-Barthélemy, Saint-Martin et Saint-Pierre et Miquelon, étranger

Situation familiale : personne seule ou en couple, date de séparation, enfants ou personnes à charge

Situation professionnelle : étudiant, élève ou stagiaire non rémunéré, étudiant salarié, en congé sans solde ou en disponibilité, en congé sabbatique, en congé parental, sans activité, en activité non salariée non agricole, en activité non salariée agricole, en activité salariée

Ressources : perception d'indemnités journalières ou d'indemnités chômage, total des revenus d'activité perçus et des autres ressources sur les trois mois écoulés et montant des prestations familiales du mois précédent.

Montant du RSA 2021-2022			
Sources : CNAF, Service-Public.fr, calculs Toutsurmesfinances.com			
Montants du 01/04/2021 au 31/03/2022 (hors Mayotte)			
Nombre d'enfants	**Personne seule**	**Parent isolé (majoration pour isolement incluse)**	**Couple**
0	565,34 €	725,97 €	848,01 €
1	848,01 €	967,96 €	1 017,61 €
2	1 017,61 €	1 209,95 €	1 187,21 €
3	1 243,75 €	1 451,94 €	1 413,35 €
Enfant supplémentaire	226,14 €	241,99 €	226,14 €

Montants du RSA en 2021-2022 à Mayotte

Le montant du RSA à Mayotte est le suivant pour les versements de mai 2021 à avril 2022 :

Montant du RSA 2021-2022 à Mayotte (valables du 01/04/2021 au 31/03/2022) Sources : CNAF, calculs ToutSurMesFinances.com		
Nombre d'enfants	**Personne seule**	**Couple**
0	282,67 €	424,01 €
1	424,01 €	508,81 €
2	508,81 €	593,61 €
3	621,88 €	706,68 €
Enfant supplémentaire	113,07 €	

Comme pour la plupart des prestations sociales, les bénéficiaires du RSA qui résident à Mayotte touchent un montant de cette aide 50 % inférieur à celui qui est versé à ceux qui les perçoivent dans en métropole et dans les autres DOM (Guadeloupe, Martinique, Guyane, La Réunion). Ils bénéficient en revanche de la revalorisation annuelle du montant du RSA.

IMPORTANT : outre un barème plus faible, le dispositif RSA à Mayotte ne permet pas de bénéficier du « RSA majoré » ou du « RSA jeunes ».

Pour bénéficier du RSA, il faut remplir une déclaration trimestrielle de ressources. En l'absence de déclaration, le versement peut être interrompu. Depuis le 1er janvier 2017, le droit au RSA et son montant sont réexaminés tous les trimestres (tous les mois auparavant). Entre deux réexamens, la somme versée n'est pas modifiée dans l'intervalle, sauf dans certaines circonstances (séparations notamment : divorce, rupture de Pacs).

La prime de Noël est une aide financière reconduite chaque année depuis 1998 à destination des Français bénéficiaires de minima sociaux comme le RSA. Son versement intervient mi-décembre. Seuls les allocataires du RSA ont droit à une majoration de la prime de Noël qui tient compte de la composition du foyer.

Pour rappel, le montant de la prime de Noël pour 2020 :

**Personne seule : 152,45 euros*
**Personne seule avec un enfant, couple sans enfant : 228,67 euros*
**Pour une personne seule avec 2 enfants, couple avec 1 enfant : 274,41 euros*
**Personne seule avec 3 enfants : 335,39 euros*
**Personne seule avec 4 enfants : 396,37 euros*
**Personne seule avec 5 enfants : 457,35 euros*
**Personne seule avec 6 enfants : 518,33 euros*
**Couple avec 2 enfants : 320,14 euros*
**Couple avec 3 enfants : 381,12 euros*
**Couple avec 4 enfants : 442,10 euros*
**Couple avec 5 enfants : 503,09 euros*
**+ 60,98 euros par personne ou enfant à charge supplémentaire.*

Le RSA n'est pas versé d'office, il faut remplir un dossier de demande et la décision d'octroi n'est pas systématique. Les modalités de demande de RSA dépendent du niveau de ressources dont on dispose dans le foyer. On peut distinguer deux situations :

> Absence de revenus ou ressources inférieures à 500 euros

Dans ce cas, impossible d'effectuer une demande de RSA seul. Il faut être accompagné par un référent social, aussi appelé référent socioprofessionnel.

> Revenus d'un montant supérieur ou égal à 500 euros

Dans ce cas, il n'y a pas d'obligation d'accompagnement dans les démarches administratives. L'imprimé de demande de RSA est alors disponible en téléchargement pour le compléter soi-même et le renvoyer auprès du service compétent (variable d'un département à l'autre). La demande peut s'effectuer intégralement en ligne auprès de la MSA (en se connectant sur son espace privé) ou de la CAF.

Dans tous les cas, le cheminement administratif du dossier de demande est le suivant :

Simulation : test d'éligibilité sur le site internet de la CAF.

Accueil : département, CAF, MSA, mairie (CCAS : centre communal d'action sociale) ou communauté de communes (CIAS : centre intercommunal d'action sociale), pôle médico-social du Conseil départemental ou association agréée. Attention ! Pôle emploi ne joue aucun rôle dans l'obtention du RSA.

Instruction du dossier et calcul du RSA : CAF, MSA ou département.

Décision d'octroi (ou ouverture des droits) : département.

Versement du RSA : CAF ou MSA.

Formulaires de demande

Il existe trois formulaires associés à la demande de RSA :

**Cas général : Cerfa n° 15481*01 (identique au formulaire de demande de prime d'activité)*

**Demande complémentaire pour les moins de 25 ans : Cerfa n° 14130*02*

**Demande complémentaire pour les non-salariés (TNS) : Cerfa n° 15482*01*

Demande de RSA en ligne

La demande de RSA en ligne est désormais possible.

Sur le site de la CAF, il faut se rendre dans la rubrique « Mes services en ligne » puis « Faire une demande de prestation ». Pour faire la demande, il est nécessaire de se munir : d'informations sur les personnes vivant dans mon foyer, du montant des ressources des personnes vivant dans mon foyer ces trois derniers mois, de mon dernier avis d'imposition ainsi que de mes coordonnées bancaires. Il faut ensuite détailler sa situation (lieu de résidence, situation du foyer, état civil, numéro de sécurité sociale, situation professionnelle...). Après avoir fourni toutes ces informations, il est possible de connaître le montant estimé du RSA. Sur le site de la MSA, la demande de RSA peut s'effectuer en ligne depuis l'été 2017. Les délais de traitement sont plus rapides qu'une demande déposée sous un formulaire papier. La demande s'effectue dans « mon espace privé ». Il faut se connecter avec ses codes d'accès (identifiant / n° de Sécurité sociale et mot de passe).

Il y a plusieurs étapes à suivre :

**Sur le site www.msa.fr, connexion dans « mon espace privé » (en haut à droite de l'écran)*

**Cliquer sur mes services en ligne et demande de RSA*

**Vérification des informations : situation familiale, composition du foyer, adresse (validation ou modifications si nécessaire)*

**Renseignements complémentaires à renseigner : logement, pension alimentaire, confirmation de l'identité des enfants, nature du contrat de travail pour les personnes salariées, travailleur saisonnier ou non, demande en cours d'autre prestation qui n'a pas encore été payée, informations sur le conjoint*

**Récapitulatif : vérification des informations, validation ou sauvegarde pour poursuivre plus tard la démarche*

**Déclaration trimestrielle de revenus*

**Réception d'un e-mail de confirmation de la demande*

Parfois, des documents complémentaires sont à envoyer.

L'utilisation de ce service vise notamment à faciliter les démarches du demandeur : dans ce cadre, ce dernier bénéficie d'une dispense de fourniture de pièces justificatives si la CAF ou la MSA disposent déjà des informations nécessaires ou si les informations peuvent être obtenues auprès de l'administration. Une fois le dossier de demande de RSA complet, le délai de traitement par la CAF est de moins de 10 jours. Du côté de la MSA, 99 % des demandes sont traitées au plus tard dans un délai de 4 mois. À l'issue du traitement de la demande, le droit au RSA est notifié par la CAF par courrier postal. Comme tous les courriers adressés par la CAF, la notification de droit est également disponible dans l'espace « Mon Compte » de l'allocataire.

Le versement du RSA apparaît aussi dans la rubrique « Mes paiements et mes droits ». Lorsque le dossier est complet et que la demande est traitée, la MSA effectue un envoi de courrier de notification de droit au RSA.

Pour bénéficier du RSA, il faut déclarer les ressources du foyer en totalité (demandeur, conjoint et enfant à charge de moins de 25 ans), quelle que soit leur origine (revenus d'activité, revenus de remplacement, revenus immobiliers ou financiers) :

**Salaires*

**Primes et accessoires de salaire (de vacances, de 13e mois, de naissance)*

**Revenus exceptionnels (indemnité de licenciement, de départ à la retraite, de rupture conventionnelle, de départ volontaire, de rupture de période d'essai)*

**Rémunération de contrats aidés de type CEC (Contrat d'emploi consolidé), CAE (Contrat d'accès à l'emploi ou contrat d'accompagnement dans l'emploi), Cie (Contrat Initiative Emploi), Cirma ou CI-RMA (Contrat insertion – revenu minimum d'activité), Cav (Contrat d'Avenir), Cui (contrat unique d'insertion)*

**Droits à pension alimentaire*

**Pécule versé par les OACAS (organismes d'accueil communautaire et d'activités solidaires) comme les communautés Emmaüs*

**Indemnité de stage de formation professionnelle*

**Revenus d'élu local*

**Rémunération garantie en ESAT (établissements ou services d'aide par le travail)*

**Pensions de retraite (imposables ou non), rentes*

**Indemnités de chômage partiel*

**Indemnités de chômage*

**Allocation de veuvage*

**Indemnités journalières de paternité, maternité, adoption*

**Indemnités de maladie, accident du travail, maladie professionnelle (seuls les 3 premiers mois sont pris en compte)*

**Revenus fonciers tirés de la location de biens immobiliers*

**Valeur locative d'un logement ou d'un terrain non loué*

**Revenus de capitaux placés.*

Les sommes doivent être déclarées sans tenir compte des éventuelles retenues ou saisies. Il faut déclarer dans le formulaire de demande les ressources des trois mois précédant le mois de la demande (par exemple septembre, octobre, novembre 2020 pour une demande en décembre 2020). Le montant du RSA sera calculé à partir de la moyenne mensuelle des sommes déclarées. Le montant de la prime exceptionnelle perçue en novembre 2020 n'a pas à être déclarée.

Comme toutes les allocations versées par la CAF, le paiement du RSA intervient le 5 du mois suivant : par exemple le 5 mai 2021 au titre du mois d'avril 2021. C'est la raison pour laquelle on parle de paiement à terme échu (à l'issue du mois concerné). Précisément, la date du 5 correspond à celle de l'émission du virement par la CAF. Ensuite, il faut compter entre 1 et 5 jours (délai qui varie d'une banque à l'autre) pour que le montant du RSA soit crédité sur le compte bancaire.

Le premier versement de RSA intervient le 5 du mois suivant la demande, en application du calendrier de versement, sous réserve d'acceptation (respect des conditions d'attribution). Le premier versement du RSA par la caisse MSA intervient en général le 5 du mois suivant la demande. Toutefois, la MSA précise que dans certains cas, le premier paiement peut intervenir entre deux échéances. Dans tous les cas, selon la banque (les délais d'inscription en compte varient d'un établissement à l'autre), le compte de l'allocataire est crédité dans les jours qui suivent la date de versement. Pas de versement rétroactif du RSA.

En résumé, pour la première grande étape concernant la demande du RSA, on constate qu'il faut d'abord connaître ses droits pour y prétendre.

Or, 36 % de personnes ne touchent pas les aides auxquelles elles ont droit, 27 % n'ont pas recours à la Prime d'activité selon l'ODENORE (Observatoire de non-recours aux droits et aux services). Le Secours catholique nous révèle que 24 % des personnes éligibles au RSA ne le percevaient pas en 2010. Elles étaient 29 % en 2020. Le problème s'aggrave.

La France a bâti la protection et d'aide sociale de l'État, on la retrouve dans la constitution de la ve République qui prévoit notamment que « Tout être humain qui, en raison de son âge, de son état physique ou mental, de la situation économique, se trouve dans l'incapacité de travailler a le droit d'obtenir de la collectivité des moyens convenables d'existence ».

C'est le 19 octobre 1945 que le gouvernement du président de Gaulle institue la Sécurité Sociale par ordonnance, inspirée du Conseil National de la Résistance. Elle désigne un ensemble de dispositifs et d'institutions majoritairement publics qui ont pour fonction de protéger les individus de conséquences d'événements ou de situations diverses, généralement qualifiés de « risques sociaux ».

Alors, la marche de la solidarité nationale devient difficile du fait des non-recours aux droits. Cette question est de ce fait un enjeu pour l'avenir si on veut en finir avec la pauvreté et le creusement des inégalités sociales. Est-ce que des politiques vont continuer de stigmatiser les personnes les plus fragiles en les taxant d'assistés ou plutôt reconsidérer la solidarité comme l'un des piliers de la République afin que chacun puisse pouvoir vivre dignement ? La priorité se situe bien là à l'inverse de cette rhétorique de M. Nicolas Sarkozy, qui dénonçait une République « incompatible avec l'assistanat ».

Quelles sont les obligations dans le cadre du Contrat d'engagement Réciproque lorsque nous sommes bénéficiaires du RSA ?

Le CER est un contrat conclu entre le Département et la personne qui bénéficie du RSA, réalisé par un référent dit « unique ».

Mon travail se situe dans cette interface. Je suis référente dans un lieu d'accueil RSA et une de mes missions est la contractualisation des bénéficiaires.

Le CER est un document individuel, chaque membre du foyer, soumis à droits et devoirs doit élaborer et signer son propre contrat. Il peut remplacer un Projet Personnalisé d'Accompagnement à l'Emploi si on a un accompagnement exclusif avec le pôle emploi.

Le CER permet de définir son projet d'insertion et les actions à mettre en œuvre en vue de sa réalisation. Il a une durée limitée dans le temps allant de 3 à 12 mois ; il faut donc penser à le renouveler pour ne pas subir une suspension de ses droits RSA et du versement de l'allocation. Aussi, en le signant, les personnes s'engagent à respecter ces conditions. Avant la suspension, une réduction du versement de 100 euros est mise en place. Puis est prévu un abattement de 50 % du revenu total. Si aucune démarche n'est faite pour régulariser la situation, le non-versement du RSA peut être décidé ; allant d'une suspension de plusieurs mois à une radiation totale. Celle-ci équivaut à une perte totale de l'aide et pour bénéficier à nouveau du RSA, il faut refaire une demande intégrale.

Le CER même si cet enjeu n'est pas explicite est bel et bien un des outils de contrôle. Les bénéficiaires doivent penser à réaliser une déclaration trimestrielle sur le site de la CAF et répondre aux convocations du dispositif d'insertion et notamment de contrôle.

Les obligations sont là pour avoir le droit de percevoir une allocation RSA ; être accompagné de référents emploi et ou social ; accéder à l'offre d'insertion (formations, accompagnement individuel ou collectif, avoir accès à la complémentaire santé...).

Les suspensions du RSA peuvent aussi arriver quand la CAF est en attente de documents administratifs comme le renouvellement du titre de séjour. En cas de fraude, la radiation est immédiatement appliquée en plus de devoir payer un trop-perçu de RSA. Un dispositif de traçage existe bien : il est profondément injuste et ne connaît pas la trêve même en cas de crise sociale et économique.

A-t-on conscience que des gens se suicident à cause de suspensions de RSA ? Combien de personnes demandent une aide exceptionnelle alimentaire du CCAS car elles attendent le rétablissement de leurs droits au RSA ? Une feuille d'imposition oubliée dans le dossier et on peut voir son RSA et ses A.P.L suspendus (environ 700 euros au total) avec leur rétablissement seulement le mois suivant ; les temps de traitement des dossiers à la CAF étant exagérément longs, faute de personnels. Les rendez-vous sur place sont quasi impossibles de nos jours, et avoir un interlocuteur au téléphone n'est pas gratuit. Les démarches doivent passer par l'Internet car quasiment tout est désormais numérisé. Je pense qu'on a utilisé une surveillance intensive des plus pauvres, alors que les « délinquants en cols blancs », bénéficient des verrous de Bercy et sont une des causes du démantèlement des services publics. Le manque d'argent pour l'État se chiffre ainsi à 80 milliards par an.

Imaginons maintenant ces contraintes liées à l'accès et au maintien du RSA pour des personnes à la santé mentale fragile, éloignées du secteur de l'emploi, avec des difficultés à entreprendre des démarches administratives, notamment numériques. Ces personnes, insuffisamment malades pour obtenir l'AAH, se retrouvent alors dans un dispositif non adapté à leur situation malgré les actions à visée santé qui correspondent partiellement à une partie de ce public. Il restera toujours des personnes avec lesquelles il sera impossible d'engager un accompagnement efficient. C'est pour ce public-là qu'il faut penser une 3e voie pour qu'il ne subisse plus les maltraitances institutionnelles.

Chapitre 3 :
Les limites de l'AAH dans la santé mentale

L'allocation aux adultes handicapés est une prestation sociale versée en France par la Caisse d'allocations familiales ou par la Mutualité sociale agricole (MSA) aux personnes atteintes d'un handicap, d'une maladie chronique ou invalidante, créée par la loi du 30 juin 1975.

L'allocation adultes handicapés est une aide sociale qui a pour objectif de sortir les personnes en situation de handicap de leur situation d'exclusion en leur assurant un revenu minimal. Elle est attribuée à condition de respecter des critères d'incapacité, d'âge, de résidence et de ressources. Elle est accordée par la commission des droits et de l'autonomie des personnes handicapées (C.D.A.P.H) des maisons départementales des personnes handicapées.

Pour percevoir l'AAH, il faut :

** Être âgé d'au moins 20 ans (16 ans, si le jeune n'est plus à la charge des parents pour le bénéfice des prestations familiales) ;*

** Résider en France de façon permanente et être de nationalité française, ou ressortissant d'un pays de l'Espace économique européen (et résider en France depuis plus de trois mois), ou étranger d'une autre nationalité en situation régulière en France ou titulaire d'un récépissé de demande de renouvellement de titre de séjour ;*

** Être atteint d'un taux d'incapacité permanente d'au moins 80 % ou, s'il est situé entre 50 et 79 %, subir une restriction substantielle et durable d'accès à l'emploi par la CDAPH ;*

** Disposer de ressources annuelles (les revenus nets catégoriels de l'année n-2, donc 2019 pour les demandes effectuées en 2021) ne dépassant pas un plafond selon la situation familiale. Les revenus des capitaux, valeurs mobilières (actions, obligations...) imposables sont pris en compte pour prétendre à l'AAH. Celle-ci peut donc être réduite, voire supprimée en conséquence.*

Les bénéficiaires de l'AAH dont le taux d'incapacité est supérieur ou égal à 80 % peuvent continuer de la percevoir après l'âge légal de départ à la retraite sans avoir besoin de demander préalablement l'ASPA (Allocation de solidarité aux personnes âgées). AAH et ASPA ne se cumulent pas : le montant de l'AAH est réduit si vous percevez l'ASPA dont le montant doit alors être inférieur à 903,60 €. Les bénéficiaires de l'AAH dont le taux d'incapacité est compris entre 50 et 79 % ne la perçoivent plus à l'heure de la retraite, l'allocation adulte handicapé est alors remplacée par l'ASPA.

*La demande d'AAH s'effectue, par le biais du formulaire Cerfa n° 15692*01, auprès de la maison départementale des personnes handicapées du lieu de résidence, qui transmet la demande à la Commission des droits et de l'autonomie des personnes handicapées. L'instruction du dossier prend environ 4 mois. En l'absence de réponse au-delà du délai de 4 mois, votre demande vaut rejet. Si le dossier est accepté, l'AAH est ensuite versée par la Caisse d'allocations familiales, ou le cas échéant, la Mutualité sociale agricole.*

Les justificatifs requis sont :

**Un certificat médical daté de moins de trois mois,*

**Une copie d'un justificatif de domicile,*

**Une copie d'un justificatif d'identité,*

**Le cas échéant, une copie d'un justificatif d'identité du représentant légal et l'attestation d'un jugement de protection juridique.*

Le montant de l'AAH varie selon les autres ressources perçues vous et, le cas échéant, votre conjoint, concubin ou pacsé : pension d'invalidité, rente d'accident du travail, revenus d'activité professionnelle, revenus fonciers, avantage de vieillesse, etc. À taux plein, l'AAH s'élève en 2021 à 903,60 € par mois pour une personne seule sans ressources. Si vous percevez une pension ou une rente (invalidité, retraite, accident du travail), vous recevez la différence entre le montant de sa pension ou rente et les 903,60 €. Si vous travaillez, le montant de l'AAH est évalué en fonction de vos revenus d'activité. En cas d'activité professionnelle en milieu ordinaire de travail, le montant de la prestation est recalculé tous les trois mois, au moyen d'une déclaration trimestrielle de ressources. Si vous êtes hospitalisé ou admis en maison d'accueil spécialisée pour une durée supérieure à 60 jours, le montant de l'AAH est réduit à 30 %, soit 270,81 € par mois. Toutefois, cette réduction ne s'applique pas si vous payez un forfait journalier, avez au moins un enfant à charge ou si la personne avec laquelle vous vivez en couple ne travaille pas pour un motif reconnu par la CDAPH. À la fin de l'hospitalisation ou hébergement, le versement de l'AAH est repris à taux plein. La durée d'attribution dépend de votre taux d'incapacité. En cas d'incapacité d'au minimum 80 %, l'AAH est attribuée à vie si vos limitations d'activités ne peuvent pas évoluer favorablement, ou sinon, elle est attribuée pour au minimum 1 an et au maximum 10 ans. En cas de taux d'incapacité compris entre 50 et 79 %, l'AAH est accordée pour une à deux années. Cette durée peut atteindre cinq ans si votre handicap et la restriction substantielle et durable pour l'accès à l'emploi ne peuvent pas évoluer favorablement. Si vous êtes hospitalisé ou admis en maison d'accueil spécialisée pour moins de 60 jours, vous continuez à percevoir l'AAH à taux plein. Lorsque vous commencez à exercer une activité professionnelle en milieu ordinaire, vos revenus professionnels ne sont pas pris en compte pendant les six premiers mois pour le calcul de votre AAH. Vous percevez donc l'intégralité de votre prestation à condition de l'avoir perçue avant de prendre ou reprendre une activité salariée.

Après cette période de cumul intégral de six mois, le montant de l'AAH est réduit en fonction du revenu d'activité, mais on y applique un abattement de : 80 % pour les revenus d'activité inférieurs ou égaux à 30 % du Smic brut mensuel, soit 476,84 € en 2021, 40 % pour les revenus d'activité supérieurs à 30 % du Smic brut mensuel, soit 476,84 € en 2021.

Le montant de l'AAH est recalculé tous les 3 mois.

Si vous travaillez dans un établissement et service d'aide par le travail (ESAT), vous percevez une rémunération garantie (salaire versé en ESAT) variant entre 55 % et 110 % du Smic horaire. Vous pouvez cumuler la rémunération garantie et l'AAH. Toutefois, ce cumul ne peut pas dépasser :

**1 589,47 € si vous vivez seul,*

**2 066,31 € si vous vivez en couple,*

**2 304,73 € si vous vivez en couple et que vous avez un enfant ou un ascendant à charge.*

Lorsque le total de la rémunération garantie et de l'AAH dépasse ces montants, l'AAH est réduite. Pour calculer votre AAH, la Caf prend en compte votre rémunération garantie à partir de laquelle elle applique un abattement sur les revenus du conjoint : un projet de loi visant à ne plus prendre en compte les revenus du conjoint pour l'AAH (désolidarisation des ressources) n'a pas été validé. À l'heure actuelle, le gouvernement a opté pour un abattement forfaitaire sur les revenus du conjoint (de 20 % normalement dans la limite de 5 000 euros) applicable à partir de janvier 2022.

En tant que bénéficiaire de l'AAH, vous pouvez prétendre à de nombreuses aides supplémentaires, telles que le Chèque Énergie ou bien encore à la Mutuelle Santé Solidaire (mais seulement dans des cas particuliers comme à la suite d'une longue hospitalisation. En revanche, la prime de noël (en savoir plus) n'est pas accessible aux personnes percevant l'AAH à l'heure actuelle.

Les personnes ayant l'AAH n'avaient pas droit à la complémentaire santé solidaire pour « ressources trop importantes ». Ils devaient alors avoir une mutuelle. En novembre 2019, top départ de la « Complémentaire santé solidaire », actée par le PLFSS 2019 et lancée officiellement le 15 octobre 2019 par la ministre de la Santé Agnès Buzyn. « L'offre restera inchangée pour les bénéficiaires actuels de la CMU-C mais va s'élargir à de nouveaux publics, moins précaires, qui sont aujourd'hui éligibles à l'aide au paiement d'une complémentaire santé (ACS) », explique la ministre.

Les allocataires de l'AAH y ont droit, ainsi que ceux de l'Allocation supplémentaire d'invalidité (ASI) ou encore les bénéficiaires d'une pension d'invalidité en situation de pauvreté. Cette extension a pour objectif d'améliorer l'accès aux soins des populations en situation de précarité. Alors que 7,1 millions de personnes étaient couvertes fin juin 2019 par une complémentaire santé grâce à la CMU-C (5,8 millions) et à l'ACS (1,3 million), elles seront désormais plus de 10 millions à pouvoir bénéficier de ce nouveau dispositif. « Couplée au 100 % santé optique, auditif et dentaire (ndlr : dès le 1er novembre 2019 et sans attendre le 100 % santé pour tous, promis en 2021), les personnes handicapées vont connaître une baisse de leur reste à charge tout ayant un panier de soins amélioré », promet le secrétariat d'État au Handicap.

Toutes les personnes ayant un problème de santé pouvant dépendre de l'AAH ne sont pas toutes reconnues par la MDPH et notamment pour les mêmes raisons que celles et ceux n'ayant pas recours au RSA: par manque d'information des droits mais aussi pour des difficultés d'ordre administratif.

Faire une demande d'aide nécessite en effet une certaine compétence et, se qualifie parfois de véritable parcours du combattant. Nous avons aussi des personnes en rupture ou en absence de soin, qui n'ont pas de suivi médical spécifique et donc pas de reconnaissance d'une pathologie par un professionnel de santé. Le formulaire de l'AAH nécessite un certificat médical de moins de 3 mois.

Nous nous confrontons alors à des personnes qui n'ont jamais été diagnostiquées ou bien depuis un certain temps ; mais aussi à des personnes refusant de l'être par déni. Elles se retrouvent sur le dispositif du RSA ou en errance totale. Les bénéficiaires de l'AAH n'ont pas d'accompagnement obligatoire comme ceux du RSA même s'il existe des dispositifs santé comme le CAP EMPLOI, HEDA… Nous pouvons alors accompagner des personnes ayant une santé mentale fragile, complètement isolées de la société.

Je peux vous parler d'une autre personne que j'ai rencontrée en 2019, dans le cadre de mon militantisme, avec l'inter collectif « Punaises de lit de Marseille » dont je suis la porte-parole.

Pour la petite histoire, nous avons créé cet intercollectif avec 22 organisations pour faire face à ce véritable fléau qui dépasse les frontières de Marseille et qui est d'enjeu national. On estime que 400 000 lieux sont touchés et le nombre de cas déclarés en 2020 a augmenté de 150 %. L'absence de réponse coordonnée des pouvoirs publics traitant la prolifération comme une simple nuisance et désinfectant les lieux publics de façon ponctuelle aggrave considérablement le problème. À Marseille, nous avions alors décidé de contacter des potentiels partenaires de tout horizon dès le début : collectifs d'habitants, membres d'associations, syndicalistes et toutes celles et ceux qui pourraient nous aider. Nous avions donc commencé par organiser des actions d'information en commun auprès des habitants vivants près de lieux ayant été infestés comme l'école de la Cabucelle dans les quartiers nord de la ville. À cette occasion, nous avons fait un porte-à-porte muni des tracts de la France Insoumise sur les punaises de lits et discuter avec les habitants rencontrés.

C'est là que nous avions identifié plusieurs logements touchés dont celui d'un homme, quinquagénaire, malvoyant, isolé et en situation de grande précarité.

Notre collectif a donc décidé d'agir pour désinfecter son logement à la vapeur sèche. L'unité, pour nous, se forge dans l'action et voilà les premiers actes qui la façonnent. Lorsque nous avions commencé à échanger avec cet homme de la même façon que dans le travail social nous avions demandé son accord pour intervenir et désinfecter son appartement. Un travail de coconstruction était nécessaire : sans adhésion, nous ne pouvions pas y arriver. Alors, nous nous sommes présentés à lui et nous avons instauré une relation de confiance. Son logement était insalubre. Le ménage n'avait pas été fait depuis longtemps, il y avait une fuite d'eau et les sanitaires étaient bouchés.

Son lit était défectueux et son matelas était imbibé de taches noires : des œufs de punaises de lit, du sang…

Au premier contact, Monsieur était effrayé à l'idée qu'on lui vole ce qu'il pouvait lui rester comme bien. Mais, d'une langue commune, une affinité a pu naître entre nous. Il parlait Kabyle et très peu de personnes pouvaient alors le comprendre. La confiance s'est installée, les discussions aussi. Il m'a confié alors qu'il avait l'AAH et qu'il vivait complètement isolé de la société. Il n'était pas accompagné par une assistante sociale, ne voyait pas et ne disposait pas de canne pour se déplacer. Monsieur tombait plusieurs fois par jour et subissait des blessures quotidiennes.

Avec mes camarades de l'inter collectif, nous avions découvert du sang autour de son lit, suite à des blessures qu'il n'a pu soigner. Il ne pouvait pas réaliser les tâches quotidiennes comme le ménage et la lessive du fait de sa cécité. Il ne voyait plus son médecin et buvait beaucoup de bières. Il avait un problème conséquent avec l'alcool, mais cela lui permettait parfois de ne plus penser disait-il. Il nous a raconté n'avoir ni famille ni ami. Ses voisins seulement semblaient encore s'inquiéter pour lui.

Cet homme était en situation d'extrême pauvreté, malade et complètement isolé. Un accompagnement social et médical devait se mettre en place. Nous avons alors décidé de nous mettre en lien avec tous les acteurs pour y parvenir. Nous avons aussi fait appel à la générosité et la solidarité des personnes. Nous avons reçu beaucoup de la part des collectifs, des gilets jaunes mais aussi des voisins : de la vaisselle, des draps, des couvertures, des vêtements, des produits d'hygiène et une canne. Quelque temps après nous avons appris son décès. Nous étions les derniers à avoir été en contact avec lui. Je parle ici de contact humain dans ce qui peut le définir au plus près. Depuis combien de temps vivait-il comme ça ? Depuis de nombreuses années…

À travers cet exemple, je souhaitais illustrer les limites de l'AAH pour les personnes ayant un problème de santé mentale après avoir démontré l'incompatibilité du dispositif RSA pour ce public en particulier.

Nous pouvons qualifier ce public de « patates chaudes ».

La première fois que j'ai entendu ce terme, j'ai été scandalisée par l'appellation. Tout le monde sait qu'une pomme de terre très chaude ne peut être tenue dans les mains sans qu'on se brûle. On cherche alors à s'en débarrasser. Cette expression d'origine américaine date du XIXe siècle.

« Hot patatoe » désigne un problème sensible. Refiler la patate chaude c'est se débarrasser de quelqu'un ou de quelque chose de gênant. Et c'est pourtant bien ce que nous faisions lorsque nous demandons la réorientation d'une personne vers un autre lieu d'accueil.

Le public qualifié ainsi a besoin d'être pris en charge sans les contraintes du RSA d'une part et sans l'abandon de la MDPH de l'autre.

Dans notre file active, nous avons des personnes qui ont fait le tour des lieux d'accueil RSA et l'accompagnement n'est toujours pas efficace car nous ne sommes pas outillés pour les accompagner.

On ne peut pas accompagner des personnes ayant des problèmes de comportements ou qui ne s'inscrivent pas a minima dans le cadre du contrat d'engagement réciproque. La logique du CER est de l'ordre de la gestion et avec ces « patates chaudes », on se retrouve dans la case des « ingérables ». L'adjectif « ingérable » veut dire « qui ne peut pas être géré » et gérer consiste à organiser des données, des marchandises, des objets, ou encore à manager des administrés. La logique sociale ne peut pourtant pas être comptable, soit celle de mettre des personnes dans des cases « adéquates » pour qu'elles puissent suivre les actions d'insertion « efficientes ».

La situation sur le terrain est chaotique : les personnes sans solution sont de plus en plus nombreuses avec une stigmatisation grandissante des pauvres en général. Le racisme et la xénophobie ambiants ne sont pas en reste. Les coupes budgétaires des pouvoirs publics pour l'action sociale et les solidarités accentuent les difficultés pour les travailleurs du lien.

Les « patates chaudes » sont ainsi en situation de ballottage. Elles subissent une maltraitance institutionnelle, ne trouvent pas d'interlocuteurs véritables et sont renvoyées d'un secteur à l'autre, chacun cherchant à garder « la patate » le moins longtemps possible. Ces personnes ont souvent des problèmes d'ordre linguistique et n'arrivent pas à se faire comprendre. Leurs moyens de déplacement sont souvent très restreints, la gratuité des transports n'étant plus automatique depuis le changement de politique métropolitaine avec Martine Vassal. La gratuité n'est attribuée qu'aux personnes inscrites dans une action de formation ou à visée emploi.

L'impuissance des travailleurs sociaux ne peut être comprise sans la prise en compte sérieuse et méthodique des troubles psychiques de ces personnes.

En effet, un travailleur social doit avoir toutes les qualités et de multiples casquettes professionnelles dans ce genre de situation. Il est une sorte de « superman ».

Les travailleurs sociaux doivent aussi avoir le sens de l'humain et doivent parfois endosser des rôles professionnels différents : celui du psychologue, du parent, de l'infirmier, de l'aide-soignant, de l'aide à domicile etc.

Comment un travailleur social gérant une file active de 150 personnes avec tous les autres rendez-vous qu'il doit honorer, peut entamer un tel accompagnement dans la qualité et le respect de la personne ? C'est impossible !

Pour travailler de façon satisfaisante, il faut pouvoir disposer de délais suffisants. Or, les politiques tournent le dos à cette exigence et imposent, de l'action socio-éducative à l'injonction de l'ordre social, de l'efficacité immédiate et du traitement court. Tout ce qui intéresse nos dirigeants, c'est la rentabilité dans l'accompagnement avec des chiffres à l'appui.

C'est ce qui m'a poussé à écrire cette lettre postée sur les réseaux sociaux, le jour du réveillon de Noël 2017, après une réunion d'équipe où l'on a comparé les contrats des bénéficiaires du RSA à une baguette de pain. Celle-ci devait nous inciter à faire plus de sorties de notre file active afin de respecter un turn-over.

Plus nous avions de sorties faussement maquillées de façon positive et plus cela était synonyme d'un travail bien fait.

« *Quand l'efficience devient un drame pour l'humanité...*

Les métiers du social sont en train de mourir ; le capitalisme est aussi dans nos rangs. Le monde des grandes institutions financières est bien ancré dans nos territoires. La globalisation de l'économie, a pu et su s'affranchir de la tutelle de l'État. La disparition des grands acteurs sociaux en est aussi une preuve visuelle sur le secteur du 2-3 à Marseille.

Pourtant les victimes sont bien silencieuses. En effet, on commence à observer une absence presque totale de mouvement social même parmi les travailleurs sociaux. À croire que les élites ont bien su s'organiser pour faire passer auprès des gouvernements leur vision. J'y vois du chantage et de la peur quand j'entends « ... C'est comme ça, on n'y peut rien car on pourrait perdre notre emploi... », ou encore « ... On n'a pas le choix, si on veut être attractif, on doit être compétitif et il est sain de le dire... ».

Ainsi, ceux qui refusent la concurrence refuseraient implicitement la liberté de choix des consommateurs. Cette vision n'est pas la mienne : nous ne pouvons pas transposer le système économique au système social. Il est tout aussi incohérent à mon sens de parler de « client » dans le social pour désigner les personnes accompagnées, comme j'ai pu l'entendre lors d'une réunion de travail au sein d'une association Loi 1901, dont les dirigeants parlent comme s'il n'y avait que l'aspect financier qui compte.

L'individu doit-il être « acteur de son projet » ? Bien évidemment, mais sans le pousser vers la consommation ! Un individu doit construire son projet personnalisé et nous devons l'accompagner dans ses démarches, sans pour autant le considérer comme « client de nos prestations ».

Le capitalisme a en réalité pour principe de base la recherche à tout prix d'un profit, peu importent les conséquences. De ce fait, on devrait accepter de faire « plus » avec « moins de moyens », tout cela afin de garantir « un maximum de prestations en étant le moins cher (compétitif) possible », au bon désir des financeurs. « Les appels à projet seraient ainsi gagnés » ... C'est la loi du marché, la loi du plus fort ! On se doit d'être « les meilleurs », « les bons élèves » pour acquérir le plus de marchés possibles.

Les entreprises ne peuvent pas défendre l'intérêt collectif : il est contraire à leur nature. Elles ne prennent en compte que leur intérêt propre, ne décident que pour elles et sont en perpétuelles concurrences les unes avec les autres. Les associations ne peuvent donc pas être des entreprises. Sinon, tant qu'a faire, changeons le statut des associations pour plus de transparence, et on pourra enfin garder les excédents pour faire du profit.

Certains voient à travers le capitalisme l'enrichissement collectif, le progrès, ou encore le développement économique et personnel. La réalité, c'est qu'avec le capitalisme nous avons des équipes au bord du gouffre, un véritable générateur de crises sociales et économiques, incompatible avec les avancées telles que l'esprit écologique, l'éthique ou encore la déontologie professionnelle.

Il détruit l'économie locale et ne fait que renforcer les inégalités. Les riches deviennent de plus en plus riches, les pauvres eux de plus en plus pauvres. La disparition et l'affaiblissement des acteurs sociaux et des services publics viennent là encore renforcer l'iniquité de notre système.

Le capitalisme tue !

Nous devons rendre compte de notre travail en misant sur sa visibilité qualitative plus que sur son aspect quantitatif. Voilà où seront nos « sorties positives ». Il est difficile d'entendre les termes « efficience » ou « compétitivité » lorsque l'issue de notre travail a des conséquences directes dans la vie quotidienne d'êtres humains, et d'autant plus avec un public en situation de grande précarité. Car NON, ils ne font pas le choix d'être « bénéficiaires » de prestations sociales.

Nous devons lutter contre ce fléau. On nous répondra : « Mais alors, que faut-il faire ? Une grève générale ? ». Eh bien OUI, c'est probablement et malheureusement la seule façon d'avoir ne serait-ce que la possibilité d'arracher des concessions significatives. L'intérêt des salariés étant collectif, nous devons miser sur le capital HUMAIN, voilà notre seule véritable richesse et cela n'a pas de prix : l'humain avant l'argent.

Katia Yakoubi, message d'une travailleuse sociale très inquiète. »

CHAPITRE 4 :
LA SOCIÉTÉ COMME FACTRICE DE TROUBLES MENTAUX ET LES DÉTERMINANTS SOCIAUX

J'ai en tête la citation de Jiddu Krishnamurti, penseur indien promouvant une éducation alternative : « Ce n'est pas un signe de bonne santé mentale d'être bien adapté à une société malade ».

Je suis certaine de cela : la société rend malade. Notre société, n'offre plus de repères stables permettant la solidité mentale d'une personne. La peur des lendemains, des voisins… On peut se poser la question : comment vivre dans une société où tout est précaire et où tout le monde devient un concurrent ?

Prenons pour exemple, la dépression. Nous sommes de plus en plus sujets à développer un état dépressif. La dépression est la maladie du XXIe siècle, selon l'Organisation mondiale de la santé.

Comment alors la détecter et la prévenir ? La sérotonine, selon des scientifiques, est en concentration anormalement basse chez un certain nombre de personnes déprimées. Il s'agit d'une hormone qui joue dans le contrôle de l'humeur, l'adaptation sociale et la motivation. Elle ne définit pas non plus à elle seule la maladie. D'autres, comme le sociologue Alain Ehrenberg estiment que « l'individualisme » et « le culte de la performance » prônés par notre société, expliqueraient la fréquence des troubles dépressifs. Il est vrai que nous sommes dans un monde de plus en plus connecté aux réseaux sociaux mais de moins en moins à l'humain. On ne se regarde que peu dans les yeux, on ne s'écoute pas vraiment, on se retrouve de moins en moins réceptifs et une déficience de la concentration est de plus en plus visible.

Le monde va trop vite, nous n'avons plus le temps.

Pourtant, la société exige de nous que nous soyons efficients, actifs, en pleine forme et toujours de bonne humeur. Les exigences montent crescendo mais on se retrouve bien seuls à y répondre. Dans notre société, tout est scruté, jugé dans les moindres détails et aucune faute n'est admise. Les épreuves de la vie sont devant nous et combien sont avec nous pour les partager dans une société qui prend et jette à outrance ? Le temps des « selfies », des « likes » sur Facebook où l'on montre un soi mis en scène, ne suffissent pas à donner un ancrage réel à la vie en société ; surtout quand les partages d'informations peuvent être surjoués et manquer alors d'authenticité.

Dans la fatigue d'être soi, d'Alain Ehrenberg, nous apprenons que connaître notre « Moi véritable » n'est pas une chose facile et que tout n'est pas possible. C'est ce que la dépression nous enseigne.

Les addictions remplacent la dépression car elles permettent de combler un certain vide au lieu de tout relâcher et font croire que l'on est quelqu'un.

« La dépression et l'addiction sont les noms donnés à l'immaîtrisable quand il ne s'agit plus de conquérir sa liberté, mais de devenir soi et de prendre l'initiative d'agir ». La dépression qui conduit au vide et l'addiction qui conduit à la fuite, permettent alors de continuer à vivre dans un monde moins exigeant, moins fatigant. Après la dépression, certains sortiront grandi de cette douloureuse étape car elle leur permettra d'appréhender le sens véritable de la vie, la quête de soi qu'ils recherchaient. D'autres seront fragilisés pour longtemps car la transition reste difficile par une pression trop forte.

L'Organisation Mondiale de la Santé rappelle qu'être en bonne santé c'est avoir une bonne condition physique et mentale.

La santé mentale fait partie prenante de notre santé globale et nous avons toutes et tous une santé mentale. Cette bonne santé mentale est nécessaire pour contribuer à la vie commune. Selon l'enquête auprès des Bénéficiaires de Minima Sociaux (BMS) de La direction de la

Recherche, des Études, de l'Évaluation et des Statistiques, fin 2018, 29 % des bénéficiaires se déclarent en mauvais ou en très mauvais état de santé, 58 % ont au moins une maladie chronique et 28 % sont fortement limités à cause d'un problème de santé influant les activités habituelles, ce qui caractérise une situation de handicap. Leur état de santé est moins bon que celui de l'ensemble de la population. Leur bien-être psychologique est également plus dégradé : 26 % présentent un risque de dépression contre 10 % des actifs occupés. Compte tenu de leur handicap et de leur âge, les bénéficiaires de l'allocation aux adultes handicapés et ceux du minimum vieillesse sont dans en moins bon état de santé et présentent plus souvent un risque de dépression que les autres. La santé mentale est un pilier essentiel du bien-être, elle varie dans le temps et dépend de facteurs génétiques et de nos conditions de vie en général. Elle est ainsi influencée par notre environnement comme l'état de notre logement, les relations que nous avons avec autrui mais aussi les conditions liées à l'emploi. Le stress, la génétique, la nutrition, les infections périnatales et l'exposition aux risques environnementaux sont également des facteurs qui peuvent contribuer au développement de troubles mentaux. La santé mentale ne se limite pas non plus à l'absence de maladie. Une personne avec un trouble psychique peut atteindre un bon niveau de santé mentale, et une personne sans trouble diagnostiqué peut vivre une grande souffrance psychologique.

Les inégalités sociales sont alors factrices de troubles mentaux et les politiques ont alors intérêt à réduire la fracture et non pas seulement dans le domaine de la santé. La santé incluant de nombreux paramètres, la réponse attendue doit avoir une vision globale.

Oxfam se définit comme le pouvoir citoyen contre la pauvreté. Cette ONG qui a pour enjeu la lutte contre les inégalités, porte des solutions concrètes.

En chiffres, il y a de quoi s'alarmer : les 1 % les plus riches de la planète possèdent plus de deux fois les richesses cumulées de

90 % de la population mondiale, soit 6,9 milliards de personnes. Des richesses colossales sont concentrées dans les mains d'une poignée de personnes alors que près de la moitié de la population vit avec moins de 5 euros par jour. Oxfam nous dit ainsi qu'agir contre les inégalités n'est pas une fatalité. L'économie de marché ne fonctionnant plus, l'alternative souhaitable est une économie plus humaine, plus démocratique et plus égalitaire. Les solutions proposées par Oxfam tournent autour de 3 axes : la justice sociale, la justice fiscale et l'égalité femmes-hommes.

La justice sociale pourra devenir possible qu'au travers de 12 déterminismes sociaux :

– Le niveau de revenu et le statut social,
– Les réseaux de soutien social,
– L'éducation et l'alphabétisme,
– L'emploi et les conditions de travail,
– Les environnements sociaux,
– Les environnements physiques,
– Les habitudes de santé et la capacité d'adaptation personnelles,
– Le développement de la petite enfance,
– Le patrimoine biologique et génétique,
– Les services de santé,
– Le sexe,
– La culture.

Selon le cadre conceptuel de la santé et de ses déterminants, plus une personne possède de « déterminants » positifs ; plus ses chances d'être en bonne santé sont grandes. (Résultat d'une réflexion commune, ministère de la Santé et des Services sociaux du Québec, mars 2010.)

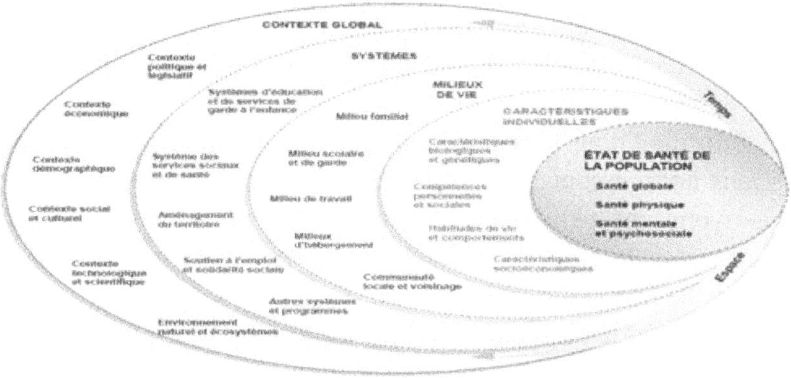

Pour la majeure partie de ces déterminants, les travailleurs sociaux et médicaux peuvent exercer leurs compétences. Ils peuvent alors apporter des solutions lorsque les moyens sont suffisants.

Dans le cadre du dispositif RSA, je suis amenée à faire un diagnostic global de la personne accompagnée et à proposer une palette de dispositifs pour lutter contre l'isolement. Je prendrai pour exemple le travail que nous effectuons avec l'association « Culture du Cœur ».

Cette association a été fondée en 1998 par Edgard DANA alors directeur de l'ANPE spectacles. Cette année-là, une loi se voulait lutter contre les exclusions avec l'article 140, stipulant les principes d'un accès à la culture en tant que droit pour tout citoyen. Dans la vraie vie, les inégalités d'accès aux pratiques culturelles subsistent et sont souvent liées à la catégorie sociale et aux conditions de vie des personnes.

Lorsque j'ai passé une formation en lien avec mon travail dans les locaux de l'association, la référente m'a expliqué que l'idée venait du constat de places non pourvues aux spectacles vivants, aux concerts et aux musées. Pourquoi donc ne pas offrir ces places gratuitement ou à des prix très abordables ?

Chaque année, 350 000 invitations sont ainsi mises à disposition des personnes en situation de précarité.

Nous avons conscience, nous les professionnels du champ social, que s'appuyer sur ce genre de dispositif est un levier d'insertion et de remobilisation pour les personnes que nous accompagnons.

Dans notre association en partenariat avec « Culture du Cœur », nous avons une permanence dédiée. À travers ce dispositif, nous jouons ainsi le rôle de facteur de bonne santé mentale sur ce déterminant social qu'est la culture.

Je parle de déterminants sociaux et non de déterminisme social. Pour ce dernier, le sociologue Pierre Bourdieu explique que c'est le système scolaire qui produit les inégalités. Même si cette façon de voir les choses peut être démobilisatrice et violente à entendre, force est de constater qu'il ne s'était pas trompé. Nous n'y pouvons donc rien ?

Comme le « rappait » le groupe IAM, « on n'est pas nés sous la même étoile ». Pourquoi ne puis-je vivre comme n'importe quel être humain ? Pourquoi mon destin est-il de ne pouvoir cesser de me battre ?

Prendre en considération que le destin existe bien ne veut pas dire qu'il n'existe que de manière individuelle. L'ascension sociale est une affaire collective ! Il n'y a alors aucun fatalisme à se défaire du déterminisme social si la société agit sur les déterminants sociaux en faveur de chaque individu.

Les libéraux tendront eux à nous dire que c'est notre destin, notre chance est qu'elle dépend que de nous car nous sommes les seuls maîtres de notre destin. Il faudrait leur rappeler qu'un enfant de cadre supérieur à 4,5 fois plus de chance qu'un enfant d'ouvrier d'appartenir aux 20 % les plus aisés. Voilà, la réalité d'une enquête de Clément Dhébécourt.

Les enfants ne partent pas avec les mêmes chances de réussite dans la vie ; c'est un fait. Quand un enfant de famille aisée maîtrise en moyenne 1 000 mots à l'âge de 3 ans, un enfant de famille modeste en maîtrise deux fois moins.

Je fais partie de ces enfants pauvres qui en entrant en maternelle ne parlaient aucun mot en français. Je suis arrivée à l'âge de 3 ans et demi en France, ma langue maternelle était le Kabyle.

Lorsque, j'essayais de parler français, je traduisais directement en kabyle et cela sonnait souvent faux. Mes difficultés de compréhension venaient ainsi de la barrière de la langue. J'avais un retard à rattraper seule et je ne progressais donc pas depuis la même ligne de départ.

Mes deux langues, que je qualifie de maternelle aujourd'hui, diffèrent largement sur l'utilisation du genre mais aussi du nombre.

Mes enseignantes me gardaient pendant la pause méridienne pour m'enseigner les mots courants de la langue française.

J'avais aussi un très fort accent et les moqueries pleuvaient, ce qui ne facilite pas l'apprentissage. On sait combien les enfants peuvent être intolérants entre eux.

Et si lutter contre le déterminisme social était de prendre en considération l'enfant dans sa globalité ?

Le système doit changer, la société suivra. Il faut alors comprendre que l'humain ne peut pas toujours s'adapter à son environnement. Pour schématiser, si nous devions évaluer des animaux qui grimpent à un arbre, un singe réussira toujours mieux qu'un poisson. Il existe un vieux débat, celui de faire que l'école s'adapte aux élèves et non l'inverse.

On se dira alors, une sorte d'école sur mesure ? Non, pas forcément. L'intérêt collectif est toujours recherché mais trouver des dispositifs d'apprentissage nouveaux où chaque élève pourra s'épanouir. Le niveau de l'élève et ses freins possibles seraient pris en compte. L'éducation a aussi le devoir de s'adapter à son environnement et si nous partons du principe que c'est une génération qui éduque l'autre, nous savons combien cela est nécessaire pour le bien commun. Notre seule et véritable richesse se trouve là, dans le partage des savoirs.

Si le pays est un corps, l'éducation en est son cœur ! Je crois que le système éducatif français doit sortir de sa logique de généralisation. Le manque de motivation de certains élèves au projet éducatif doit pouvoir nous interpeller. L'école a ce devoir de lutter contre les inégalités en apportant le capital « culturel institutionnel » qui compense le « capital incorporé » apporté dans le cadre familial. Il doit toujours y avoir un socle commun avec un accompagnement personnalisé dès le plus jeune âge. Dans l'école de mes fils, il existe un dispositif associatif « Coup de Pouce » pour les élèves de CP ayant de légères difficultés, notamment en lecture. Ce dispositif incorpore les parents dans la réussite de leur enfant, et permet l'encadrement d'un groupe restreint, avec une aide aux devoirs de façon ludique. Chaque séance se termine par une lecture d'histoire dont l'enjeu est de donner le goût de lire et de s'approprier l'univers des mots. Les activités extrascolaires ont ainsi un rôle conséquent dans la lutte contre les inégalités. On doit aussi pouvoir penser à l'élève avant ses notes, l'école française étant très élitiste et sélective. Avec la mondialisation et son esprit de concurrence, l'évaluation des compétences et la compétition ne font que s'étendre. Pourtant, ce n'est pas aux élèves de se plier aux systèmes. Si un système est défaillant, il nous appartient de le changer. Je crois que nous sommes issus de la génération dont pourra être issu un monde post-capitaliste. Selon les marxistes, le capitalisme s'effondrera pour laisser place à un nouveau système économique. Le mode féodal avait laissé place au mode de production capitaliste, celui-ci sera remplacé par les systèmes de production socialistes et communistes. En effet, quand on recherche uniquement le profit, les coupes budgétaires deviennent trop importantes pour supporter le poids de la misère créée. Si la société continue à répandre la pauvreté, il n'y aura personne pour produire et acheter les marchandises non nécessaires au capital. On reviendrait aux biens communs, à une société où la propriété serait partagée. Il n'y aurait plus de classes sociales ni d'« exploitation de l'humain par l'humain ».

Pour Randall Collins, sociologue, les catastrophes climatiques achèveront le capitalisme. Certes, la lutte contre le dérèglement climatique et ses effets passent obligatoirement par une restructuration complète de notre manière de produire et de consommer. La croissance infinie et l'accumulation de profits qui polluent la planète doivent être profondément remises en question.

Ils ne sont pas élus mais dirigent le monde, ce sont les entreprises et les banques. Pour faire face à la crise climatique qui est déjà là, il ne suffira donc pas d'éduquer sur le fait que l'égoïsme, l'avidité, les intérêts personnels sont toxiques. Nous devrons reprendre le pouvoir aux capitalistes. On ne pourra pas se laisser dicter par les entreprises qui exigent des baisses de dépenses publiques et sociales et qui font pression sur les salaires.

La réduction des dépenses publiques imposées a conduit à des désastres, notamment concernant la fermeture des lits dans les hôpitaux publics.

Chapitre 5 :
Politiques néolibérales : les fermetures de lits.

Ce livre est consacré à un public particulier, celui des personnes nécessitant des soins médicaux spécifiques et souvent des hospitalisations d'urgence. Or, les hôpitaux publics et psychiatriques sont en crise. Le manque de moyens et la fermeture des lits sont le résultat d'incuries politiques néolibérales. Durant les deux dernières décennies, 80 000 lits d'hôpitaux ont été supprimés en France, comme l'a annoncé le président du Conseil Scientifique Jean-François Delfraissy. Il s'agit d'un véritable scandale quand on connaît les conséquences désastreuses sur la santé de nos concitoyens.

La population augmente en métropole et la capacité d'accueil diminue en même temps. Le transfert d'un certain nombre de ces lits se fait dans les EHPADs où le virage ambulatoire a accru le recours aux médecins généralistes et aux hospitalisations à domicile.

Il s'agit d'économies budgétaires dont les circuits courts sont les mauvaises rémunérations des travailleurs du soin, les horaires à rallonge et les conditions de travail sans moyen, ce qui réduit l'attractivité de ces professions. Le service public est alors en danger. Dans le privé, les rémunérations sont plus importantes et le souci de satisfaire la population dans sa globalité notamment la plus pauvre n'est pas prioritaire. Leur perte de capacité d'accueil est de 3 % contre 25 % pour le public.

Dans le privé, la santé est clairement une marchandise à la recherche de « clients » et l'enjeu de ces établissements est de l'ordre du lucratif. Il est plus que temps de penser à garantir l'accès à toutes et tous à un système de santé efficient.

Des collectifs se montent comme celui de « Chaud les psys » qui se mobilise pour défendre la psychiatrie choletaise. On peut lire des pancartes « *Pas de lits, pas de psychiatres, mort des soins* » et « *Des moyens humains pour des soins humains* ». Au-delà des lits, la condition humaine des soins est posée par les manifestants du collectif. Mais pour quel résultat après le retour au domicile ?

Le Collectif Inter-Hôpitaux (CIH) alerte aussi dans une tribune publiée dans le quotidien le « Monde » sur les atteintes réitérées portées aux droits et à la dignité des patients relevant des soins psychiatriques.

Nous y apprenons l'existence d'une concentration de patients les plus sévères dans un même lieu, d'une pression sur les durées moyennes pour un séjour et l'impossibilité d'hospitaliser dans un délai raisonnable les patients suivis.

Le manque de personne, la fermeture des lits, le personnel insuffisamment formé ne date pas d'hier. Le nombre de lits, selon différents journaux, en psychiatrie a baissé entre 1994 et 2002 de 22 %, soit une réduction de 17 534 lits et cela depuis la création de la psychiatrie de secteur. Les établissements de santé publics ont procédé sans interruption, depuis les années 1970 à une diminution du nombre de lits au profit de création d'alternatives à l'hospitalisation complète. Des alternatives à l'hospitalisation qui n'ont pas su en fait se développer suffisamment pour pallier ce manque de lit. Pourtant, le nombre de patients ne cesse d'augmenter dans le même temps, passant de 250 354 en 1989 à 294 483 en 2000.

La durée moyenne de séjour est passée de 86 jours à 45 jours. Entre 2003 et 2017, ce sont 69 000 places d'hospitalisation à temps complet qui ont disparu. En 2020, le média « Basta ! » établit une carte des suppressions de lits d'hôpitaux engagées ces dernières années. Le constat est alarmant, partout, des places d'hospitalisation continuent d'être supprimées et tous les services sont concernés : réanimation, maternité, cardiologie, gériatrie et psychiatrie. Comment pouvons-nous fermer des lits sans se demander où vont les patients ?

Pour certains d'entre eux, nous les retrouvons en errance, en rupture de soin, complètement isolés, en situation de détresse et de précarité voire de pauvreté. Sans oublier que des enfants sont hospitalisés au milieu d'adultes. Mais la place de l'enfant dans les hôpitaux psychiatriques est un débat qui mérite à lui tout seul un autre ouvrage.

Gardons aussi à l'esprit que la crise sanitaire et les confinements successifs ont amplifié les problématiques. La « novlang » s'exprime pour essayer d'atténuer les peurs, pour faire croire que les fermetures de lits sont provisoires. On parle alors de « gel ». La durée des fermetures reste bien indéterminée et le recrutement du personnel n'arrive pas. Les directeurs se retrouvent face à un dilemme : fermer des lits plutôt que de mobiliser un personnel déjà trop sollicité.

Les infirmiers et les aides-soignants ne peuvent pas et ne veulent pas compenser l'absence de médecins dans un service, surtout quand il s'agit de celui de la psychiatrie où les besoins sont bien spécifiques. Les internes peuvent limiter la casse mais ils n'ont pas l'expérience nécessaire pour cette patientèle. En plus de la souffrance du personnel, se rajoute aussi celle des patients.

Le problème de démographie médicale est alors bien visible. La question des déserts médicaux est soulevée dans ce pays où le système français fût un temps le meilleur au monde. Dans les grandes villes, au sein des quartiers populaires et dans les zones rurales, nous constatons des heures d'attente aux urgences, un temps considérablement rallongé pour obtenir un rendez-vous avec un spécialiste mais aussi l'impossibilité dans certaines zones de trouver un ophtalmologiste, un gynécologue ou un dentiste. Nous avons alors une rupture d'égalité du service public de la santé. Les personnes les plus fragiles avec le difficile accès aux transports auront alors beaucoup de difficultés à se rendre à un rendez-vous médical. Si nous rajoutons à cela, un manque de repères spatiotemporels, les difficultés linguistiques, le manque d'autonomie, la solitude, l'isolement et les autres précarités, on arrive à avoir un public complètement démuni et en rupture de soin.

Il faut savoir qu'il existe des services qui fonctionnent seulement avec la force du personnel infirmier. Les nouveaux arrivés repartent très vite quand ils sont « lâchés dans le grand bain » sans préparation suffisante. À peine arrivés, leur moral est au plus bas.

Je rappelle que sur mon secteur, notre Conseil Départemental n'a plus de médecin du RSA qui est remplacé par un infirmier. Le médecin du RSA, quand j'avais encore la chance de la côtoyer, m'expliquait ses difficultés. Je la sentais très nerveuse car on lui en demandait clairement trop. Elle devait s'occuper de six arrondissements, sur les deux plus gros pôles d'insertion des bouches du Rhône. Cela représente à peu près 20 000 personnes en tout pour une personne seule.

À l'échelle nationale, rien que pour la schizophrénie, « 1 personne sur 100 est concernée, cela représente la totalité de l'agglomération Lyonnaise » comme nous l'apprend Marie Françoise Raillard, Présidente de L'UNAFAM Charente-Union nationale de familles et amis de personnes malades et/ou handicapées psychiques.

Si les personnes ont été internées, combien de chances ont-elles pour ne pas retourner à l'hôpital psychiatrique, si un accompagnement ne se met pas en place derrière ? Difficile de parier dessus.

Je reviens à ce que la mère de Monsieur T nous disait. Pour elle, deux mois d'hospitalisation c'est insuffisant surtout si après, l'accompagnement s'arrête. Le patient se retrouve alors plus en difficulté qu'avant. Les travailleurs du soin, du lien ne traitent qu'un symptôme et non plus une pathologie globale. Selon un rapport de l'Académie de médecine « le risque de dépression est multiplié par 2 et par 4 pour les plus précaires ». Les situations difficiles qui n'aident pas à se soigner, aggravent un état de santé déjà fragilisé. On repousse les soins jusqu'à ce que la maladie devient plus difficile à soigner, et il ne faut pas s'étonner alors du gouffre budgétaire de la sécurité sociale, la prévention du soin étant complètement abandonnée.

Comment des politiques en viennent à casser l'hôpital public sans se rendre compte des conséquences ? Ces politiques-là ont des préoccupations qui dépendent des chiffres uniquement et qui prennent le dessus par rapport à tout le reste. La qualité n'est pas dépendante du bien-être des humains. Nous retrouvons les mêmes conséquences pour les mineurs retirés à leurs familles défaillantes en pensant qu'ils peuvent se construire avec des adultes plus stables mais sans y mettre l'attachement nécessaire dans le processus. On oublie alors ce qu'humain veut dire.

Les enveloppes budgétaires diffèrent d'un territoire à l'autre mais la politique de suppression des lits dans les hôpitaux est bien nationale, voire européenne. On veut faire des économies mais l'absence de soins conduit à une augmentation du nombre de malades et à des traitements plus coûteux.

Pour sauver l'hôpital, le gouvernement sous la présidence Macron a rogné 1 milliard d'euros et évoque un « grand plan d'investissement » ; soit l'équivalent de ce qu'il promettait pour les écoles à Marseille dans son projet « Marseille en grand ». Macron use allégrement du mot « grand ».

Les entreprises, elles, peuvent obtenir jusqu'à 300 milliards de prêt garanti par l'État. L'« argent magique » est présent pour les entreprises mais pas pour les services publics. Pour les hôpitaux ce n'est pas suffisant et pour les écoles cela se résume à un « grand » bluff puisqu'à la fin, il n'était question que de 32 millions d'euros. Le reste étant des prêts dont la Ville de Marseille devra s'acquitter, malgré la dette importante laissée par la précédente municipalité en place pendant plus de 25 ans sous le « grand » Jean-Claude Gaudin. Dans les écoles et les hôpitaux marseillais, les plafonds s'effritent sur les têtes des publics reçus ; ils prennent l'eau et, n'est pas en cause la pluie, mais le réel manque d'entretien par l'État et les collectivités territoriales.

Au fil des années, Présidents de la république et Ministres de la santé n'ont eu de cesse de réduire le soin à une affaire purement comptable dont la logique amène au cercle vicieux des baisses des dépenses, des fermetures de lits, du personnel soignant à bout de souffle et des services qui craquent sous le poids de l'austérité. Comment pourraient-ils comptabiliser la thérapie et le bien-être au travail ? Est-ce rentable ?

Avec le travail humain, il est difficile voire impossible de le quantifier de cette manière-là.

Les travailleurs du soin et les travailleurs sociaux ne seraient bons qu'à gérer les urgences en posant des pansements sans soigner la maladie. On pense aux entrants et surtout aux sorties ! Les sorties pour faire de la place aux urgences. Cette démarche peut entraîner des cas de non-assistance aux personnes en danger. Combien de décès a-t-elle pu causer ?

La revue médicale The Lancet, de février 2014 y fait référence. « À partir du seuil de sept patients pour un soignant, il y a une augmentation d'environ 7 % de la mortalité par patient supplémentaire. Si vous arrivez à un soignant pour douze patients, vous avez 35 % de mortalité supplémentaire ».

Ces procédures rapides, assimilées à du travail à la chaîne, n'accordent pas de place pour un véritable accompagnement. Si nous voulons retrouver l'enjeu premier de l'hôpital public, un changement de regard s'impose. L'hôpital n'a pas à être rentable au modèle managérial du tout profit où la variable est le nombre de lits. Les valeurs médicales doivent reprendre le dessus sur les valeurs économiques. Aussi, le temps devrait être mieux réparti. En effet, dans le social comme le médical, le poids des démarches administratives prend trop de place. La gouvernance dans les établissements devrait aussi être partagée et ne pas être le fait d'un seul « grand » directeur. La restauration de l'attractivité des métiers va avec l'augmentation des salaires. La RELATION entre les patients et les équipes sociales et médicales doit être privilégiée pour qu'un véritable accompagnement puisse se mettre en place.

Lorsqu'on regarde le monde, on voit combien la société s'individualise au point que l'humain est oublié dans sa caractéristique profonde qui est celle d'être un être de lien social. La vision économique qui vient du capitalisme financier n'a comme logique que l'argent. C'est ce système économique qui prédomine le monde, au point que tout doit n'être que profit.

On donne des avantages aux cliniques privées au détriment du public. Les déficits dont ils parlent aujourd'hui, c'est eux-mêmes qui les ont créés. Quand on achète une maison, si on n'en prend pas soin, elle perd de sa valeur. L'inverse fonctionne aussi, c'est alors que le déficit a aussi pour cause les sous financements. L'investissement du tout privé n'est pas une affaire car plus cher ne veut pas dire soigner mieux et soigner tout le monde.

Cette politique généralisée de privatisation de tous les services publics n'a pas pour but de réduire les dépenses, car le paiement à l'acte entraîne des dépenses inutiles comme par exemple des césariennes de confort qui n'auraient pas dû être pratiquées. C'est vrai qu'un accouchement c'est long, oui et alors ? Des propositions concrètes devraient pouvoir voir le jour et travailler avec l'ensemble de tous les acteurs de terrain. L'objectif étant d'avoir un véritable plan de financement solidaire de la santé et de la sécurité sociale qui prenne en compte les besoins des citoyens, à partir de véritables diagnostics de territoire réalisés avec la population et les syndicats des personnels de la santé.

Il faut aussi pouvoir renverser ce système économique qui voit du profit partout et oser se dresser contre les directives européennes qui prônent la concurrence en matière de santé. On ne peut pas gérer un service social ou un hôpital comme une entreprise. L'humain doit toujours passer avant l'argent.

Jean-Luc Mélenchon, dans le programme qu'il porte, l'Avenir En Commun, souhaite que l'État vise d'autres objectifs avec d'autres critères d'évaluation comme le « bien vivre », le « progrès humain » mais aussi « Le droit au bonheur » quand on parle d'activité humaine !

Je pense que c'est le chemin vers lequel nous devons aller. C'est d'ailleurs pour cela que je me suis engagée en politique, voyant combien j'étais démunie dans le cadre de mon travail. Au départ, je pensais que la politique était pour les bacs +10 comme je les appelle gentiment ou encore les personnes sortant de l'ENA. C'est vrai que lorsque nous les voyons à la télévision dire certaines énormités et le peu de connaissances qu'ils ont sur le terrain, on se demande pourquoi ils décident à notre place alors qu'ils ne savent pas ce qui s'y passe vraiment. Ce n'est pas avec une visite de quelques heures au sein d'un corps de métier qu'on peut partir avec toute la réalité de terrain. Il y a ici un véritable décalage entre les décideurs et les travailleurs concernés. C'est pour ces raisons que j'ai décidé de m'engager en politique. Je n'aime pas m'enfermer dans les étiquettes mais les valeurs que je prône sont bien évidemment des idées de ce qu'on pourrait appeler « la gauche ». La gauche a été aussi, elle-même, entachée par les idées néolibérales. Pour l'hôpital public, François Hollande n'a rien à envier à Nicolas Sarkozy. Nous avons besoin d'élus qui ont en eux une véritable alternative à proposer. Une société a besoin d'élus vertueux et au plus près du terrain.

L'élu vertueux

La révolution citoyenne des gilets jaunes nous montre qu'il existe bel et bien une crise démocratique. En effet, on ne compte plus les personnes qui se disent dégoûtées de la politique et de ses représentants. Dans les ronds-points et dans les rues, un même refrain résonne : corruption, clientélisme, promesses non tenues, inexistence du clivage droite/gauche, professionnalisation de la politique.

Tout ce manque de vertu républicaine engendre une abstention record dans le pays. Le rejet de la politique profite aux sombres pensées, le racisme est aux portes du pouvoir. Le RN n'épouvante que peu face aux corruptions qui parcourent les journaux du pays avec de plus en plus d'assiduité. Une sorte de chantage à l'arme nucléaire alors qu'une autre voie insoumise est proposée. La démocratie se retrouve ainsi remise en cause. La crise économique, la mondialisation du tout marché en sont les premiers responsables. Le libre-échange a fait triompher les grandes firmes qui ont supplanté les États dans le domaine économique. Dans cette vision dénationalisée du monde, les États semblent reléguer à des tâches secondaires, où l'urgence sociale, démocratique et écologique est méprisée, loin des sphères incontrôlables de l'argent roi. Les libéraux ont plongé le monde dans une crise économique qu'eux-mêmes jugeaient inimaginables. C'est pourquoi l'internationalisme semble être de rigueur dans la construction du nouveau monde qui libérera les peuples des jougs de la finance.

Nous pouvons expliquer ce constat par le fait que la démocratie représentative dans la République actuelle a ses limites. Nous sommes arrivés comme à la fin d'un cycle où une prise de conscience collective émerge face au désir accru d'une réelle démocratie citoyenne.

L'impuissance politique fragilise ainsi la démocratie participative. Le sentiment d'une injustice croît dans le pays puisque la justice fiscale appelle la justice sociale. Ainsi, le peuple de France se voit opprimé d'un gant de fer lorsque ses dirigeants maintiennent impunis des licenciements économiques et du chômage de masse, tandis que les gouvernants caressent d'un gant de soie l'oligarchie à travers la suppression de l'ISF, l'augmentation du CICE qui permettent aux firmes transnationales d'accroître une économie de plus en plus financiarisée au détriment de l'économie réelle. Par conséquent, le pouvoir patronal de ses entreprises est plus fort que celui de nos élus et représentants soumis aux diktats de l'argent. Voici le triste résultat d'avoir laissé les marchands s'emparer du pouvoir politique il y a deux siècles. En effet, le citoyen n'identifie pas clairement les institutions représentatives de cette démocratie dans ce millefeuille institutionnel. Quels sont leurs rôles entre l'État, l'Assemblée Nationale, le Sénat, l'Europe, les collectivités territoriales ? Pourtant la séparation des pouvoirs entre le législatif, l'exécutif et le juridique avait pour but de décentraliser le pouvoir de l'État et le partager avec plusieurs institutions dans le but de renforcer la démocratie. La décentralisation implique que les élections locales accentuent la division entre l'État et les collectivités territoriales (département, région, commune).

De plus, nous constatons que les élections intermédiaires législatives, européennes semblent ne pas être importantes aux yeux des Français alors qu'elles sont celles qui font réellement vivre la démocratie. L'impuissance de l'État et des politiques en est le responsable direct. La démocratie dans les urnes n'est pas assez représentative du fait de l'abstention record et de ce point de vue, la démocratie est en danger ; conséquence d'un manque de pouvoir politique. Ainsi à titre d'exemple, à Marseille, dans le 15e arrondissement, voter pour le député « marcheur » Said Ahamada n'est pas synonyme de ralliement au pouvoir macroniste. En effet c'est plutôt le synonyme d'un incessant retournement de veste aux senteurs d'un ancien monde mourant pour accéder au palais Bourbon, au prix d'une idéologie trahie et bafouée au nom de la place suprême. À quoi bon lorsque l'on pense que Said Ahamada ne s'est même pas insurgé lorsqu'Emmanuel Macron s'est moqué des kwassa kwassa ? À qui la faute ? Celle des électeurs ne voyant pas le malaise d'un jeu d'appareil sacrifiant des valeurs sur l'autel d'une personne donnée ou d'un système à bout de souffle d'avoir des représentants si éloignés des enjeux quotidiens ?

Donc oui, la démocratie est devenue plus grande mais la complexité des institutions a fait perdre une visibilité démocratique aux citoyens qui ne s'y retrouvent plus. Dans une constitution prônant un « gouvernement du peuple, par le peuple et pour le peuple » (article 2 de la constitution de la Cinquième République française), le Président de la République est pourtant un monarque qui ne dit pas son nom. En effet, si l'Assemblée Nationale lui est hostile, une dissolution est possible, alors que son rôle premier est celui d'un contre-pouvoir mais l'Assemblée ne le fait plus. Elle devient juste la caisse enregistreuse des lois venues d'un Président monarque.

D'ailleurs, les députés d'« En Marche » l'ont très bien compris : s'ils dérogent à la règle, ils se retrouveront à payer les conséquences par une exclusion du groupe. Certains ont déjà pu goûter à l'amère expérience.

De plus, les élus ne rassurent point sur les perspectives d'évolution institutionnelle. Leur pouvoir est limité et ils ne provoquent pas le changement tant désiré dans la vie quotidienne des citoyens :

– Un pouvoir d'achat guéri d'une accumulation de la richesse depuis des décennies qui empêche une distribution nécessaire à la compensation d'une inflation qui gangrène en premier les plus démunis d'entre nous,

– Un chômage de masse qui amène aujourd'hui à une traque constante des chômeurs quand on apprend qu'il n'y a qu'un poste vacant pour quarante chômeurs dans un pays qui n'a jamais été aussi riche qu'à l'heure actuelle.

De ces vases communicants découlent des mécanismes économiques dont résultent un chômage et une inflation inversement proportionnels. Ainsi, durant les trente glorieuses, la diminution du chômage entraînait spontanément une augmentation de l'inflation qui était rapidement compensée par l'augmentation des salaires indexés sur l'augmentation des prix. Les salaires étaient automatiquement revalorisés lorsque les prix montaient. Cela changea sous le gouvernement « socialiste » où a mûri la désinflation compétitive. Tant de causes qui n'ont pas trouvé le pouvoir nécessaire pour y remédier. On sait que la politique libérale est soumise aux pouvoirs de l'argent, des lobbies… Alors pourquoi le peuple irait-il voter si nos représentants ne sont que des marionnettes du pouvoir de l'argent ?

Concernant le pouvoir médiatique, la pluralité médiatique n'existe pas. Neuf milliardaires détiennent la quasi-totalité des médias. On peut se demander si les journalistes ont d'abord été choisis pour leurs opinions politiques.

Méprisée ou paranoïaque ? La France ne reconnaît plus ses médias. Avez-vous observé combien, à un instant donné, presque tous les chroniqueurs, et presque tous les hommes politiques pensent et disent exactement la même chose, s'intéressent aux mêmes événements et en proposent la même explication ?

La dictature de la pensée unique tue la liberté en silence. Si on ose affirmer une autre position sur le sujet, on est taxé de complotistes voire d'autres qualifications abjectes. Les idées véhiculées sont-elles majoritaires et donc incontestables ?

Pourtant, il n'y a de pensée que dans la clarté, dans celle des idées, comme dans celle des convictions. Il faut que celles-ci soient fortes pour qu'un véritable débat intellectuel puisse avoir lieu. Bien sûr, la liberté d'expression a des limites, aujourd'hui encadrée par la loi : la diffamation, l'injure, la provocation à la haine (qui comprend le racisme et l'antisémitisme, ou encore l'apologie du terrorisme). On devrait ainsi se méfier des médias qui vont chercher l'antisémitisme dans les pensées d'une personne afin de décrédibiliser sa parole.

Alors, on peut se demander, à juste titre, dans un pays où la majeure partie des informations accessibles au citoyen est contrôlée par le pouvoir financier, ce que peut encore être une démocratie soucieuse du bien commun et du bien vivre ensemble. Ainsi, pour paraphraser La Fontaine, ne dit-on pas que selon que vous soyez puissants ou misérables, les jugements de cour vous rendront Alexandre Benalla ou Éric Drouet.

Le peuple est la clef de la démocratie. L'article 3 de la constitution dans la ve République stipule pourtant que » La souveraineté nationale appartient au peuple qui l'exerce par ses représentants et par la voie du référendum ». Oui, en République le peuple est souverain. Pourtant il fait peur. Le Référendum d'Initiative Citoyenne est une première réponse à l'abstention. Ensuite, il viendra le temps du vote obligatoire et de la reconnaissance du vote blanc pour que le vote du peuple passe d'un vote contestataire en un vote d'adhésion populaire de masse.

Le pouvoir et les manifestations de rue sont aussi essentiels à la vie démocratique. Les manifestations de rue sont à prendre en considération car légitimes. Ainsi, c'est dans la constitution de 1793 que les droits civiques du peuple sont poussés jusqu'à la reconnaissance du célèbre droit à l'insurrection : « Quand le gouvernement viole les droits du peuple, l'insurrection est, pour le peuple et pour chaque portion du peuple, le plus sacré des droits et le plus indispensable des devoirs. ». Et pourtant, on ne se soucie guère du fait que seuls 24 % des Français ont voté pour le programme d'Emmanuel Macron et si nous prenions en considération l'abstention on descendrait en dessous des 20 %.

De ce problème de représentation au sein de la communauté nationale résultent les éclats de colère qui jaillissent de la société tout entière. Rester aveugle sur la crise des gilets jaunes n'est pas être républicain car ce n'est pas considérer le peuple qui souffre. Ayons confiance à l'intelligence collective. N'ayons pas peur du peuple. Celui qui est profondément républicain n'a pas peur de lui. La figure de Robespierre issue de la Grande Révolution en est un modèle. Robespierre fut ainsi le premier homme politique français à avoir défendu la souveraineté absolue du peuple dans la conduite des affaires publiques.

Rousseau ne voit la souveraineté populaire que par une démocratie directe. Il pense que c'est au peuple de faire lui-même la loi au nom de la liberté. L'unité du peuple est-elle un mythe ou le référendum d'initiative populaire pourra le rendre possible ? L'exemplarité de nos élus favorisera-t-elle cette démocratie ?

Dans le Contrat Social de Rousseau, la démocratie repose sur des organisations justes où l'égalité et la liberté entre tous les citoyens sont assurées. En effet, le but premier de l'État est d'arriver à ce que les citoyens consentent librement à la limitation de leurs libertés. Cette conception de notre société repose notamment sur la théorisation de Rousseau du contrat social où nous acceptons de remettre à l'État une part de nos libertés les plus fondamentales pour que la liberté de chacun soit respectée. La liberté de chacun s'arrête là où commence celle des autres.

De ce fait, les élus du peuple ne doivent pas être tyranniques. Étienne de la Boétie écrit dans Le Discours sur la Servitude Volontaire : « Les élus sont des tyrans, ils sont au pouvoir du fait de leur prestige, leur grandeur ou toute autre qualité leur ayant permis de séduire le peuple ». Par conséquent, un élu se doit d'être choisi par la profondeur de son engagement politique. En effet, l'engagement politique ne se mesure ni au carnet d'adresses, ni au nombre de couvertures médiatiques que l'on peut tirer à soi, ni au nombre de diplômes décrochés.

L'engagement politique est le fruit d'un travail de fond sur le terrain et d'une culture politique individuelle et collective. Le travail de surface ne peut être crédible aux yeux des militants dits « de base », dont l'engagement même est l'essence des convictions qu'ils portent. Le travail militant ne peut se faire qu'en équipe. L'intérêt général doit passer avant les intérêts particuliers. On ne travaille pas uniquement pour un clan ou une tête, ni pour soi mais surtout au croisement de toute chose politique. Il y a l'idéologie commune portée par un sentiment de justice sociale qui prévaut sur les systèmes d'appareils. Combien de fois, des militants ont jeté l'éponge pour y laisser les requins dominer ? Pour ces derniers, la rage des débuts est toujours bien présente. Ils restent en colère pour ne pas oublier pourquoi ils sont debout. La reconnaissance intellectuelle et la conscientisation collective que l'on peut chercher mettra en sourdine cette colère et permettra sa réalisation au travers de la vertu de l'exemplarité.

L'éthique de la vertu se penche sur les qualités humaines d'une personne qui joue sur les décisions et actions dans la perspective de la valorisation complète du groupe voire du peuple qu'on veut servir. On peut faire semblant longtemps d'incarner cette vertu mais il en faut du courage et de l'estime de soi pour incarner véritablement cette force d'âme et de justice. Ceci est un long apprentissage où même les plus égoïstes peuvent changer par la force collective, la confiance et la juste place que le groupe donnera.

On ne va pas chercher des élus parfaits. La perfection existe chez l'humain que si on y inclut ses défauts. Mais le tout permis en politique est un tue cohésion ! Il y a des règles de conduite selon les responsabilités qu'on souhaite prendre dont on ne peut se déloger. La démocratie prend naissance où la vertu politique s'impose.

Ainsi, il est un devoir politique de bien choisir ses représentants du peuple. Dans les urnes comme dans la nomination des candidats en interne dans les partis politiques. L'apprentissage de l'amour de la République et de ses humains qui la composent et donc de l'intérêt général doit devenir une obligation. Les tueurs politiques de Sarkozy, Balkany et compagnie, ces représentants du peuple n'ont fait que salir notre démocratie. Ils ne sont pas dignes de confiance. Les valeurs ne doivent pas être corrompues sinon le système social disjoncte. Les concessions lors du choix des candidats ne peuvent pas se faire au détriment des valeurs de l'intérêt général. Le véritable travail de terrain est la seule concrétisation pragmatique de cette vertu. Un don véritable de soi où l'ego est mis au service des autres. La politique du paraître, du « bling-bling » est à proscrire pour changer de regard de société. Et la France Insoumise dans tout cela ? Le mouvement de la France Insoumise est inclusif. Tout le monde peut venir en son sein et y apprendre les codes de militantisme. Ce sont ces futurs militants authentiques qui seront nos représentants de demain. Le peuple dans sa globalité votera à l'unisson les futures lois avec l'Assemblée Constituante de la VIe République. L'intelligence collective prendra le dessus sur les moins vertueux d'entre nous, au nom du bien commun.

Les représentants du peuple ne pourront se dissocier de cette vertu. Il n'y aura pas de place aux corruptions clientélistes qui nous feraient revenir à l'ancien monde. Et c'est comme cela, qu'on pourra favoriser la démocratie représentative. La démocratie tient à la force de ses représentants. La confiance entre la politique et ses représentants sera renouée par la vertu de l'exemplarité.

Katia Yakoubi, le 18 juillet 2019

Chapitre 6 :
Philosophie, éthique, déontologie : mêmes combats pour les travailleurs du lien !

Avec Henri Saint-Jean nous avons présenté ensemble une conférence sur la libéralisation du travail social en octobre 2021. Ma proposition pour ce débat faisait suite à l'accueil dans mon bureau d'une personne suivie dans le cadre du dispositif RSA pour des démarches essentiellement autour du logement et de la santé. J'ai appris qu'elle était accompagnée en parallèle par un travailleur social dit libéral qui lui facturait l'accompagnement lié au logement à hauteur de 250 euros. Il la suivait depuis trois ans sans lui avoir trouvé une solution de relogement. Le contrat qui les unissait ne prévoyait bien évidemment aucune obligation de résultat. J'ai été très surprise de l'apprendre : l'éthique, la philosophie et la déontologie du travail social ont été fortement questionnées. Je refusais que cela puisse exister, j'y voyais une forme d'abus de faiblesse.

Nous avons décidé d'appeler cette conférence « Libéralisation du travail social : optimisation ou destruction ? La question telle que posée permettait de structurer le débat autour de deux points :

– L'optimisation : elle rejoint l'une des fonctions à laquelle a été assigné le travail social ; c'est-à-dire le contrôle et l'assistance aux populations.

– La destruction : c'est un projet politique qui vise à mettre en place un changement de modèle confortant l'idéologie libérale contre les solidarités collectives.

L'action sociale prend d'autres formes, celles qu'impose la politique libérale. Nous avons tenté de répondre à ces deux questions à partir de trois points qui fondent l'action sociale :

– Les éléments idéologiques ;

– Les éléments économiques, législatifs et structurels ;

– Les éléments techniques qui sont ceux des qualifications de ces métiers.

Les éléments idéologiques :

Nous sommes partis des origines du travail social. L'action sociale fut rendue nécessaire lorsqu'au XIXe siècle va se généraliser le salariat et l'émergence d'une classe sociale : la classe ouvrière. L'exode rural et le développement urbain va générer des nouvelles configurations dans les relations sociales qui entraînent au moins deux ruptures importantes. Il y a celle d'un nouveau rapport qui est celui de la vente de la force de travail. Pendant l'Ancien Régime, la force de travail était au service d'un maître et d'un seigneur à vie et ce rapport apparaissait comme « naturel ». La Révolution de 1789 ; qui introduit la question de l'égalité, modifia cette situation, même si par ailleurs elle légitima une inégalité, celle d'acheter la force de travail et de la vendre qui apparaissaient comme des « libertés » à égalité. Ce qui est bien sûr discutable. La différence avec la condition d'esclave ou de serf qui avait précédé, était que le patron était seulement « propriétaire » de la force de travail qui lui était vendue. Celui qui la lui vendait pouvait dans les périodes où les demandes de main-d'œuvre étaient importantes, aller la vendre ailleurs.

Dans les Sociétés d'Ancien Régime, le contrôle social sur toutes et tous dans les villages ne devenait plus possible lorsque le développement urbain générait un anonymat au sein duquel la structure « naturelle », la famille, allait se transformer et perdre son rôle d'institution de socialisation. Le travail en manufacture puis sa généralisation, comme celle de l'école et de l'instruction publique transformèrent les rapports de domination. Même si différents régimes politiques se succédèrent : Premier Empire avec Napoléon 1er, Restauration monarchique, Second Empire avec Napoléon III, le phénomène de l'industrialisation et de changement de mode de production économique était de fait l'élément qui allait imposer de répondre aux questions sociales générées. Aux solidarités mécaniques les parents s'occupant des enfants, lesquels à leur tour le faisaient à l'âge adulte, se sont substituées des solidarités organiques compte tenu de l'affaiblissement de la fonction solidaire que pouvait remplir la famille élargie, jusqu'alors modèle dominant. Certes les solidarités intergénérationnelles n'ont jamais totalement disparu, mais le cadre familial était de moins en moins étendu où coexistaient jusqu'à trois générations. Il devenait plus mobile dans l'espace et le temps pour tendre vers un modèle de famille nucléaire. De ce fait se sont mises en place de nouvelles formes de solidarité devant les difficultés matérielles qui ne manquaient pas : perte d'emploi, maladie, décès…

Ces solidarités organiques se sont structurées, d'une part autour des anciennes sociétés de compagnonnages même si la loi Le Chapelier avait interdit les corporations et d'autre part autour de ce qui avait assuré de longue date l'aide charitable : les institutions religieuses.

Si le pouvoir politique était méfiant vis-à-vis des sociétés mutualistes, il s'appuyait sur les institutions dites philanthropiques qui avaient pour fonction de veiller à l'harmonie sociale. L'État et le pouvoir politique se voulait « neutre » vis-à-vis des conflits de classes entre une bourgeoisie qui voulait légitimer son exploitation et accroître les profits qu'elle pouvait en tirer, et la classe ouvrière, qui de son côté, voulait améliorer ses conditions de vie sociales.

Ce conflit s'est réglé avec la mise en place du droit social (Cf. DONZELOT, l'invention du social). Mais s'est également ajoutée une fonction de contrôle, celle d'une police des familles que remplirent les Sociétés philanthropiques. L'idéologie chrétienne qui empreignait les patrons philanthropes les amenait à construire des modèles de « familistères » (les fameuses cités ouvrières) qui tentaient de recréer le monde clos des villages où le contrôle des populations était de fait régulé par les curés puisque le pays gardait un fort sentiment religieux. Devant les conditions misérables que connaissait la population, les « Dames de charité », religieuses ou femmes de la bourgeoisie s'étaient investies d'une mission caritative. Commencèrent en même temps que la mise en place d'une aide matérielle ponctuelle, une moralisation dans l'établissement d'une norme conjugale où la femme se devait d'être avant tout « bonne mère et bonne épouse » et être en fait les prolétaires des hommes comme l'écrivaient Marx et Engels. Il y a là une dualité, qui fut la racine de l'action sociale entre, d'un côté les revendications d'amélioration des conditions de vie de la classe ouvrière et celle de son contrôle par la bourgeoisie qui craignait que cette classe laborieuse devienne dangereuse.

Hormis l'évolution des cadres légaux déjà évoqués avec les lois sociales, nous constatons que, depuis cette époque, le pouvoir politique laisse la gestion de la question sociale au secteur caritatif : il concentre ses interventions autour d'un projet politique républicain qui vise à préparer les nouvelles générations à la citoyenneté ; au service de la nation et de la production. La mise en place de l'enseignement et de l'école en constitue l'élément le plus important. Sachant que pour les populations d'enfants qui sont « hors normes » c'est-à-dire « rétifs » à se conformer aux cadres et aux exigences de l'enseignement, là encore c'est le secteur « privé » religieux et puis associatif qui va gérer ces publics.

Il y a dans le temps une corrélation entre les lois scolaires et la déchéance de l'autorité paternelle. L'État avait déjà réglementé le travail des enfants (pas d'interdiction mais une réglementation) et l'obligation scolaire est venue parachever cette question. En clair l'État se donne les moyens « légaux » de contrôler le peuple.

Les éléments économiques, législatifs et structurels :

Que ce soit pour l'éducation ou pour l'action sociale, va se poser la question de coût et donc du financement de sa mise en œuvre et la mise en place d'un cadre législatif pour son exercice. Deux modèles de protection sociale existent : les mutuelles, héritages des anciennes corporations et l'aide sociale, assurée par les patrons mais qui par la suite le seront par l'impôt sur le revenu.

C'est le 15 juillet 1914 que le Sénat adopte la **création** de l'**impôt** progressif sur l'ensemble des **revenus**, après plus de 60 ans de débats sur la fiscalité. C'est donc le conflit autour de la réappropriation de la plus-value. Des lois sur les assurances sociales et l'obligation de cotisations pour faire face aux accidents de la vie font l'objet d'un combat entre le prolétariat et la bourgeoisie, ce qui va permettre la naissance de l'État-providence. C'est le passage d'un modèle caritatif à un modèle de solidarité qui s'inspire des fameux principes socialistes : chacun doit cotiser selon ses moyens et être aidé selon ses besoins.

De ce point de vue, il existe deux modèles :

– Le modèle Bismarck : il s'appuie sur les cotisations prises sur les salaires ;

– Le modèle Beveridge : il repose sur l'impôt.

En France, c'est un mixte qui va prévaloir. La première moitié du XXe siècle avec les deux guerres est marquée par cette mise en place : secteur par secteur, les assurances sociales se mettent en place. Mais c'est dans un premier temps le Front Populaire qui votera des lois qui vont assurer les moyens de l'action sociale et aussi paradoxal que cela puisse paraître, le Régime de Vichy ; dans sa démarche paternaliste ; va non pas en assurer la continuité, mais conforter les moyens de la mener tout en la déléguant au secteur privé. De ce point de vue, le secteur dit de l'enfance inadaptée en a été l'illustration.

Après la deuxième guerre mondiale dans la phase de reconstruction du pays et sur la base du programme du Conseil National de la

Résistance (CNR), la Nation se donne les moyens d'assurer l'aide sociale et familiale : Sécurité Sociale, Allocations Familiales…

Le patronat est contraint de participer à « la reconstruction du pays ». Les conquêtes du Front Populaire font qu'au sein même des entreprises la mise en place des Comités d'entreprise a joué un rôle important en matière d'action sociale : ASS d'entreprise, colonie de vacances… Pour autant, l'action sociale si elle relève effectivement d'une mission de Service Public, a une mise en œuvre qui reste partagée entre un secteur public d'État ou territorial et un secteur associatif. Les responsabilités ministérielles dans ce domaine après avoir été confiées à des Ministres Communistes,

ensuite le domaine réservé des Chrétiens-Démocrates du MRP : le député communiste des quartiers nord François Billoux et Germaine Poinso-Chapuis députée du MRP et première femme ministre de France, en ont été les acteurs d'après-guerre et les plus connus localement.

À partir des années soixante, l'État va vouloir se donner des moyens pour contrôler et freiner des dépenses qui sont en augmentation : ce sont par exemple les fameuses ordonnances de 64 sur la gestion des caisses de sécurité sociale et des textes pour réglementer et contrôler l'intervention sociale. C'est l'époque où apparaît la notion d'exclus et de handicap sous la houlette de René Lenoir. Il fait partie de ces hauts fonctionnaires qui, dans les années cinquante, vont s'engager corps et âme pour un projet de société inspiré par le programme du CNR. Diplômé de l'École Nationale d'Administration, il intègre l'inspection des finances et se plonge dans les problèmes sociaux. Au fil de ses travaux et réflexions, il s'intéresse à tous ceux qui sont oubliés par la croissance économique des Trente Glorieuses : les personnes âgées, les personnes handicapées, les pauvres…

Il publie en 1974 « Les exclus : un Français sur dix » dans lequel il tire la sonnette d'alarme. La crise économique de 1973 va accélérer la volonté de l'État de réduire les dépenses : cette réduction des budgets va dans un premier temps toucher les structures qui dans la continuité des idées de mai 68 mettaient en place des actions « alternatives ». D'un autre côté, les textes ont imposé de plus en plus des cadres réglementaires normatifs.

La deuxième rupture se fait dans le début des années 80 avec l'arrivée de la gauche de gouvernement au pouvoir. Mais très vite avec le tournant de la rigueur, la politique menée va reprendre celle des gouvernements de droite et imposer l'austérité dans ce secteur d'activité. Les fermetures d'entreprises industrielles vont à la fois accroître les problèmes sociaux avec une montée du chômage et du coup un transfert des charges qu'assuraient les CE vers les financements publics.

C'est la fin de l'État providence et de sa main gauche généreuse, pour faire à partir de 1984 des choix budgétaires qui vont transférer vers sa main droite, la répression, les profits les moyens qui lui étaient autrefois alloués.

D'un ratio où quand le coût du travail était quantifié à 100, 60 allait aux salaires et à la protection sociale et 40 au profit. Il est aujourd'hui de 30 et 70. C'est dans ces mêmes années que la dimension caritative qui n'avait jamais totalement disparue va reprendre le devant de la scène, l'illustration la plus connue étant l'initiative de Coluche et des Restos du cœur. Il y a, indépendamment de l'importance à répondre aux urgences, un changement de paradigme : c'est l'initiative « individuelle » qui prend le relais de la carence des politiques publiques. C'est là que s'ouvre le débat entre : initiative individuelle et intérêt commun et collectif.

Enfin les lois de décentralisation vont confier une grande partie de ces missions aux collectivités locales et plus particulièrement aux Conseils Généraux devenus depuis Conseils Départementaux. Ce qui au niveau de l'action sociale va multiplier les responsabilités dans les financements et les mises en œuvre et celles de l'intervention des acteurs : qui doit faire quoi ? Exemple personnes âgées : soins et hébergement ou secteurs handicap.

Les éléments techniques :

D'une manière générale il y a trois profils et trois modèles dans l'histoire des professions :

– Le vocationnel
– Le militant
– Le technicien

La nomenclature des professions dans ce secteur énonce de nombreuses qualifications. L'INSEE y regroupe principalement des personnels de niveau intermédiaire chargés de dispenser des soins ou une assistance aux personnes qui éprouvent des difficultés en matière de santé ou d'insertion sociale.

Cette liaison entre social et la santé est le produit de l'héritage historique où les problèmes que pouvait rencontrer les populations relevaient de l'hygiène et du médical. Elle perdure : le médico-social pour les enfants et les personnes âgées par exemple.

De ce fait, les travailleurs sociaux exercent sur plusieurs domaines :

- L'aide sociale : avec comme métier phare celui d'assistant de service social. Dans l'histoire, ce métier qui a été le premier à se voir reconnu en 1932 une qualification avec un Diplôme d'État, considéré au départ comme une spécialisation du métier d'infirmière. Les visiteuses familiales ayant laissé la place à des personnes qui prenaient en charge la question de la santé et de l'hygiène.
- L'éducation spécialisée : auprès d'enfants ou adultes en situation de handicap, d'enfants placés, d'adultes en situation de précarité…
- Les services à la personne : avec les métiers d'accompagnant éducatif et social, de technicien de l'intervention sociale et familiale.
- Le développement local (médiateur social).
- L'insertion professionnelle (chargé d'insertion).

- L'accompagnant éducatif et social (AES) a pour mission de réaliser une intervention sociale au quotidien visant à compenser les conséquences d'un manque d'autonomie, quelles qu'en soient l'origine ou la nature. Il prend en compte les difficultés liées à l'âge, à la maladie, au mode de vie ou les conséquences d'une situation sociale de vulnérabilité, pour permettre à la personne d'être actrice de son projet de vie.

Il y a donc (mais la liste n'est pas exhaustive) :

- L'assistant de service social (ASS)

Il intervient auprès de personnes confrontées à diverses difficultés : économiques, d'insertion, familiales, de santé, de logement. Il accueille, soutient, oriente et accompagne la construction de projets en tenant compte des potentialités des personnes et des possibilités offertes par la collectivité.

- L'assistant familial

L'assistant familial exerce une profession définie et réglementée d'accueil permanent à son domicile, et dans sa famille, de mineurs ou de jeunes majeurs de 18 à 21 ans. Cet accueil peut être organisé au titre de la protection de l'enfance ou d'une prise en charge médico-sociale ou thérapeutique.

- Le chef de service, encadrant de proximité

Les professionnels, responsables d'une unité de travail, assurent l'encadrement d'une équipe et des actions directement engagées auprès des usagers. Ils pilotent l'action dans le cadre des projets de service. Intermédiaires entre direction et équipes, ils sont en position d'interface dans les organisations, ce qui leur confère un rôle essentiel pour la mise en œuvre des réponses aux besoins des usagers.

- Le conseiller en économie sociale familiale (CESF)

Le conseiller en économie sociale familiale est un travailleur social qualifié dont le cœur de métier est fondé sur une expertise dans les domaines de la vie quotidienne : consommation, habitat, insertion sociale et professionnelle, alimentation- santé. Il intervient auprès des personnes en situation de précarité, ou ayant des difficultés financières, ou connaissant des problèmes d'accès au logement, de surendettement, de chômage. Son action s'inscrit aussi dans les problématiques de vieillissement de la population, de dépendance, du handicap, de protection de l'enfance… Son intervention privilégie une finalité éducative et vise la valorisation et/ou l'appropriation de compétences par les personnes prises en charge.

- L'expertise en ingénierie sociale

Le diplôme d'État en ingénierie sociale (DEIS) atteste de compétences pour exercer des fonctions d'expertise, de conseil, de conception, de développement et d'évaluation appliquées aux domaines des politiques sociales et de l'intervention sociale.

- Le directeur d'établissement ou de service d'intervention sociale

Les institutions sociales et médico-sociales occupent une place centrale dans la mise en œuvre des politiques sociales, le maintien de la cohésion sociale, la lutte contre les exclusions. Dans ce contexte en pleine évolution, les directeurs d'établissements ou de service d'intervention sociale ont un rôle stratégique vis-à-vis des usagers. Ils doivent leur assurer une prise en charge individualisée de qualité, faciliter leur expression et la satisfaction de leurs besoins et l'accès à leurs droits et l'exercice effectif de leur droit.

- L'éducateur de Jeunes Enfants (EJE)

Spécialiste de la petite enfance, il assure 5 fonctions :

– Instauration de la relation et accompagnement du jeune enfant en coopération avec sa famille et dans son environnement social

– Élaboration et mise en œuvre du projet social, éducatif et pédagogique en direction du jeune enfant en coopération avec sa famille

– Conception et conduite de l'action éducative au sein d'une équipe pluridisciplinaire et pluri professionnelle

– Élaboration de l'action éducative en lien avec les cadres institutionnels et les partenaires

– Contribution à la compréhension et à l'évolution du domaine éducatif et social de la petite enfance.

- L'éducateur spécialisé

L'éducateur spécialisé concourt à l'éducation d'enfants et d'adolescents ou au soutien d'adultes présentant un handicap, des troubles du comportement ou qui ont des difficultés d'insertion. Par le soutien qu'il apporte et par les projets qu'il élabore, il aide les personnes en difficulté à restaurer ou à préserver leur autonomie, à développer leurs capacités de socialisation, d'intégration et d'insertion. Il favorise également les actions de prévention. Son intervention se situe aussi bien dans le champ du handicap, de la protection de l'enfance, de l'insertion sociale et professionnelle, de la prévention spécialisée. Il est également de plus en plus appelé à intervenir dans le cadre de projets de développement social.

- L'éducateur technique spécialisé

L'éducateur technique spécialisé exerce des fonctions éducatives auprès de publics diversifiés : enfants, adolescents, adultes ou adultes vieillissants en situation de handicap, de précarité, en difficulté sociale et familiale, de dépendance et/ou en souffrance physique ou psychique ou inscrits dans un processus d'insertion ou de réinsertion socio professionnelle ou en prévention de la marginalisation. Il élabore des parcours d'insertion, met en œuvre des actions de formation professionnelle et assure l'encadrement technique d'activités professionnelles. Il effectue l'ensemble de ce travail grâce à des compétences acquises dans le cadre d'une formation technique et/ou d'un exercice professionnel.

- Le médiateur familial

Le médiateur familial intervient dans les situations de conflits ou de rupture dans le champ de la famille dans la diversité de son expression actuelle. Il facilite le rétablissement du dialogue, les liens de communication entre les personnes, leur capacité à gérer le conflit ainsi que leur capacité à négocier. Le médiateur familial est un tiers impartial. Il est garant du cadre et du déroulement du processus de restauration du dialogue et de la recherche de solutions aux conflits en prenant en compte les besoins de chacun des membres de la famille.

- Le moniteur-éducateur

Le moniteur-éducateur exerce sa fonction auprès d'enfants, d'adolescents ou d'adultes en difficulté, handicapés ou en situation de dépendance. À travers un accompagnement particulier, il aide quotidiennement à instaurer, restaurer ou préserver l'adaptation sociale et l'autonomie de ces personnes. Il participe ainsi à l'action éducative, à l'animation et à l'organisation de la vie quotidienne en liaison avec les autres professionnels de l'éducation spécialisée.

- Le technicien de l'intervention sociale et familiale (TISF)

Le technicien de l'intervention sociale et familiale intervient auprès de personnes qui ont besoin d'aide dans des circonstances particulières : difficultés sociales, décès d'un parent, hospitalisation, naissance, longue maladie, handicap… Il soulage et épaule la famille en assumant le quotidien (entretien du logement, préparation des repas, l'aide aux devoirs…) et soutient les parents dans l'éducation de leurs enfants. Il peut aussi jouer un rôle dans la protection des enfants.

Pour ne pas être trop long nous ne citerons pas les professions de l'animation et de l'Éducation populaire.

Pour ouvrir le débat nous pourrions le faire autour de trois questions :

– Les travailleurs sociaux sont-ils des travailleurs « comme les autres » ?

– Qu'est-ce que l'engagement politique et syndical dans ce secteur d'activité ?

– Ce secteur doit-il être soumis à la logique du marché ?

Auxquelles s'ajoutent :

– En quoi son exercice en « libéral » remet-il en cause ce qui est l'essence même de ces métiers ?

– En matière de financement et de sa mission de service public : transfert vers une responsabilité individuelle des coûts de prise en charge ou mise en place d'un cadre collectif de solidarité ?

– Accompagnement et conduite vers « l'autonomie » des personnes pour leur émancipation ou encadrement pour se conformer aux exigences des différentes dominations économiques et sociales ?

Chapitre 7 :
La 3e voie, entre RSA et AAH !

Lors d'une réunion de service, on nous a présenté un nouveau dispositif d'accompagnement pour les personnes ayant des problèmes de santé : les travailleurs sociaux pouvaient orienter directement les personnes sans passer par un médecin. Du temps serait alors gagné, car il est vrai que les travailleurs sociaux sont démunis face à des personnes présentant une problématique santé. Les pôles d'insertion (ceux qui s'occupent des bénéficiaires du RSA) n'avaient pas tous un médecin pouvant procéder à ce genre d'accompagnement. En effet, dans celui où je travaille, il n'y a plus de médecin du RSA mais un infirmier. Les compétences de ces personnels ne sont pourtant pas les mêmes.

Alors voilà qu'on nous présente le dispositif de diagnostic d'accompagnement et de placement en… EMPLOI !

Quoi ? Oui en Emploi… Encore !

Il s'agit d'une expérimentation à Marseille pour les personnes en difficulté de santé en faveur des bénéficiaires du RSA. Alors qu'est ce qui change avec le dispositif du CAP emploi ? Dans ce dispositif, il est question de deux actions :

1-Diagnostic

Le public concerné doit avoir une problématique de santé qui fait obstacle à l'insertion professionnelle. Cette action permettrait d'obtenir un diagnostic approfondi afin de définir par la suite un projet adapté. Avec un rythme de deux entretiens individuels le premier mois puis un rendez-vous mensuel pour une durée maximum de 12 mois. Ce diagnostic permet d'évaluer l'employabilité, les capacités d'accès à l'emploi, les contre-indications médicales et les freins liés à l'emploi. On peut aussi aider la personne à effectuer des démarches administratives comme l'obtention de l'AAH ou la RQTH.

2-Accompagnement

L'action 2 concerne alors un public ayant une RQTH et qui souhaite rechercher un emploi avec deux entretiens individuels le 1er mois et puis un mensuel durant 12 mois maximum. Il s'agit ici d'avoir un diagnostic socioprofessionnel approfondi, l'élaboration d'un projet et sa validation avec un plan d'action dédié. C'est donc une préparation à la recherche d'emploi et la mise en relation sur des offres d'emploi ciblées.

Depuis la réforme de 2011 pour l'AAH, les pouvoirs publics oblige à rendre compte d'une démarche d'insertion pour prétendre à cette allocation dans le cadre de la Restriction Substantielle et Durable pour l'Accès à l'Emploi (c'est-à-dire lorsque nous avons un taux d'incapacité situé entre 50 et 79 % d'incapacité soit l'impossibilité de se procurer un emploi).

L'AAH est en effet accordée que s'il existe une employabilité impossible avec un taux d'incapacité de 80 %. Il s'agit d'un véritable travail qui est demandé au référent de ce dispositif ayant très souvent une formation sociale mais jamais d'une formation santé. Ils acquièrent alors des formations sur le handicap ou le social sur le tas. Bien sûr ces accompagnateurs à l'emploi travaillent aussi avec une équipe pluridisciplinaire, médecins spécialisés, psychologues, médecin du RSA ou infirmier… pour aiguiser au mieux le « diagnostic approfondi ».

Mais alors, les publics qui ont d'importantes difficultés de compréhension, linguistiques, de santé mentale n'ont pas conscience d'être dans un dispositif d'insertion professionnelle. Ce concept de projet leur étant complètement étranger.

C'est un public très éloigné de l'emploi et qui a surtout besoin d'un accompagnement santé et social. C'est un public qui peut prétendre à l'AAH mais qui n'a pas pu faire les démarches pour les raisons citées dans les chapitres précédents. D'autant plus que pour avoir l'accord de la prestation pour les questions de santé mentale, et avoir donc la chance que le dossier puisse passer, il faut avoir un suivi psychologique régulier d'au moins 2 ans.

Monsieur T est très loin du compte.

Quel accompagnement aujourd'hui pour Monsieur T ?

Depuis notre dernière rencontre avec sa famille, de nouvelles violences se sont produites et j'ai dû faire un signalement auprès du service pour majeurs vulnérables.

Katia Yakoubi
CESF

À l'attention du service des majeurs vulnérables
(Copie au Pôle d'insertion du 2/3)

Le 10/11/2021 à Marseille,

Objet : Signalement Personnes majeurs Vulnérables

Madame, Monsieur,

Je viens par la présente vous faire un signalement au sujet de Monsieur, numéro caf XXXXX que nous accompagnons dans le cadre du dispositif RSA.

Il est hébergé à titre gratuit chez ses parents qui subissent ses violences verbales et physiques. Ses parents ont « peur pour leurs vies », il y a beaucoup de « violences au sein du foyer ». Des bagarres, insultes, menaces à l'arme blanche, des coups que Monsieur T inflige à sa famille (parents et deux autres enfants majeurs). Les policiers avaient une fois été appelés et Monsieur avait fui le domicile. Monsieur a déjà été hospitalisé pour quelques semaines et son retour à la maison a été plus hostile qu'avant. Ses parents souhaitent un internement pour une longue durée.

Monsieur T est censé être suivi au CMP, mais il y a eu une rupture de soin, le dernier RDV date de février 2021. Monsieur T aurait une problématique de santé mentale conséquente. Sa famille évoque « une schizophrénie » qui serait diagnostiquée par le médecin de famille et un psychiatre.

J'ai alerté et laissé un message au CMP et à son médecin traitant dont les coordonnées peuvent être demandées à la mère de Monsieur T au 06XXXXX.

Avec Monsieur T, nous avons initié une éventuelle instruction du dossier MDPH, avons aussi renouvelé l'aide à la complémentaire santé.

Le dernier RDV au sein de notre association a été d'une violence extrême. Monsieur T s'en est pris verbalement à notre agent d'accueil en la tutoyant et l'insultant. Tout cela pour aucune raison. L'agent d'accueil n'avait pas suffisamment de chaises disponibles et la mère de Monsieur T s'est levée pour laisser sa place à une autre personne, mais Monsieur T n'a pas supporté cela et s'en est pris aux personnes dans l'accueil dont l'agent d'accueil qui a essayé de régler la situation. Nous avions dû nous mettre à plusieurs pour stabiliser la situation.

Il a un véritable problème de comportement, de savoir être et ne semble pas comprendre la vie en société. Ses colères sont soudaines, incompréhensibles et Monsieur est dans un déni total. Ses parents étaient là, bouleversés et démunis par la situation. Sa mère a dû être prise en charge par les travailleurs sociaux de notre association. Elle était choquée et en larmes. Il s'en est déjà pris à elle et risque encore de le faire. Sa mère parle de trois tentatives de suicide.

Je vous demande par cette lettre une réorientation de Monsieur, nous ne pourrons plus le suivre. Une hospitalisation est à envisager. Je pense qu'un internement médical est à étudier, pour cela il faudrait que Monsieur puisse retrouver un suivi médical spécialisé nécessaire pour le dossier MDPH. Le CMP de la belle de Mai est informé mais, est en difficulté en termes de moyens. Ils ont 1 300 patients pour 1.5 psychiatres.

Je me retourne à vos compétences pour mieux évaluer la situation et adapter un parcours de soin et un accompagnement social adapté.

Je vous prie d'agréer mes salutations distinguées.

Katia Yakoubi.

Alors quel accompagnement pour Monsieur T à part l'internement ?

La réponse au courrier a été rapide et sans équivoque.

« *Bonjour Madame YAKOUBI,*

Je viens de prendre connaissance de votre rapport mais en l'occurrence je ne suis pas le bon interlocuteur, en effet ***il n'existe pas de cellule de recueil de signalement pour les majeurs à l'échelle du département****.*

Vous restez donc en responsabilité sur cette situation et devez solliciter le pôle d'insertion de votre territoire pour toute demande de réorientation.

Cordialement ».

J'ai donc transféré mon courrier à la Maison De Solidarité, au CMP et au procureur. Dans tous les cas, 90 % des signalements retournent vers le CMP comme m'en informe Madame Grimaldi, psychologue de l'Equipe Mobile, et ce dernier est en manque de moyens aussi comme annoncé dans ce livre. D'autant plus que même s'il devait obtenir au bout d'un certain temps l'AAH, il n'existe aucun accompagnement santé et social post-A.A.H pour ce public. Nous sommes confrontés à un vide considérable.

Il n'existe donc pas de voie pour ce public ; voie qui devrait se trouver entre le dispositif RSA et celui de l'AAH avec un véritable accompagnement social et médical.

C'est alors que j'arrive à vouloir mener un combat pour faire exister cette 3e voie. Comment pourrait bien exister cette 3e voie ?

Dans le cadre de la création de la 5e branche de la sécurité sociale, un nouveau service pourrait être imaginé à l'échelle de chaque commune.

Remis au gouvernement à l'automne 2020, le rapport intitulé « La branche autonomie : périmètre, gouvernance et financement », plus connu sous le nom de rapport Vachey, dresse un état des lieux très précis des enjeux liés à la création de la cinquième banche de la Sécurité sociale. Le document comprend également des préconisations sur son périmètre d'action, son financement ou encore son fonctionnement.

Si certaines d'entre elles ont été reprises dans la loi de financement de la Sécurité sociale pour 2021 (redéploiement de la CSG, simplification du budget de la CNSA), d'autres sont pour l'instant restées lettre morte :

**Le transfert de certaines prestations aujourd'hui gérées par l'État ou les autres branches de la Sécurité sociale telles que l'allocation supplémentaire d'invalidité (branche maladie), les aides à l'investissement et à l'aménagement du domicile (branche vieillesse) ou encore l'allocation aux adultes handicapés (État) ;*

**L'instauration de contrats départementaux d'autonomie entre les agences régionales de santé et les départements afin de mieux structurer l'offre de soins sur les territoires ;*

**La généralisation des maisons départementales de l'autonomie.*

L'organisation d'une nouvelle concertation sur le sujet, également proposée dans le rapport et reprise dans la LFSS 2021, pourrait permettre à ces propositions de voir le jour. L'enjeu ? Donner à la nouvelle branche autonomie les moyens de proposer à ses bénéficiaires une prise en charge équitable où qu'ils se trouvent sur le territoire.

La branche autonomie de la Sécurité sociale est officiellement née le 1er janvier 2021. Tour d'horizon de ses objectifs, de ses missions et des moyens qui lui sont alloués. C'est un sujet que l'on pourrait qualifier de serpent de mer tant il est revenu sur le devant de la scène politique sans jamais aboutir. Pourtant, le 7 août 2020, la loi relative à la dette sociale et à l'autonomie a bel et bien actait la création d'une cinquième branche de la Sécurité sociale dédiée à l'autonomie.

Une cinquième branche, pour quoi faire ?

La création de ce « nouveau risque social » doit permettre d'optimiser et de rationaliser les prises en charge des personnes âgées en perte d'autonomie et des personnes en situation de handicap. Avec un objectif: faire face à la hausse des dépenses liée à l'augmentation, ces vingt prochaines années, du nombre de personnes âgées dépendantes. Pour y parvenir, la cinquième branche de la Sécurité sociale devra contribuer à :

**Garantir à tous les publics concernés l'accès aux mêmes droits sur l'ensemble du territoire,*

**Améliorer l'accompagnement proposé,*

**Renforcer les politiques transversales du handicap et du grand âge.*

La LFSS stipule que la CNSA ne dépendra plus de l'objectif national des dépenses d'assurance maladie (Ondam) pour le financement du risque « perte d'autonomie ». Les recettes de la contribution additionnelle de solidarité pour l'autonomie (CASA), la contribution solidarité autonomie (CSA) et, pour la première fois en 2021, une fraction de la contribution sociale généralisée (1,93 %) viendront alimenter le budget alloué à la nouvelle branche de la Sécurité sociale. Soit un montant total de 31,2 milliards d'euros pour 2021.

Des missions peu précises. Si elles restent encore très floues et seront amenées à évoluer au cours de l'année 2021, les missions confiées à la CNSA dans le cadre de ses nouvelles responsabilités sont également précisées dans la loi de financement de la Sécurité sociale. Ainsi la nouvelle branche autonomie prend en charge :

**Le financement des établissements et services médico-sociaux pour personnes âgées et pour personnes handicapées ;*

**Les dépenses liées à l'animation et à la structuration des services d'aide à domicile ainsi que celles liées à la formation (initiale et continue) des professionnels du secteur ;*

**Les actions en faveur de la prévention de la perte d'autonomie, du « bien-vieillir » et du soutien aux aidants ;*

**Le financement des aides individuelles : allocation personnalisée d'autonomie (APA), prestation de compensation du handicap (PCH), congé de proche aidant, et la nouvelle aide à la vie partagée, actuellement en cours d'expérimentation, visant à soutenir le développement de l'habitat inclusif.*

Des missions qui, pour la Caisse nationale, n'ont rien de vraiment nouveau puisqu'une grande partie d'entre elles figuraient déjà dans son périmètre d'action. Seule nouveauté actée par la loi de financement de la sécurité sociale du 15 décembre 2020, l'allocation d'éducation de l'enfant handicapé, jusque-là gérée par la branche famille, dépendra désormais de la branche autonomie.

Source Carac Mag

Pourtant, le projet en cours sur la 5e branche ne prévoit pas cela.

Je me sens responsable de ces « patates chaudes ». Je souhaite qu'elles puissent trouver leur juste place.

Dans la 5e branche, l'autonomie vient s'ajouter à la maladie, la famille, les accidents du travail et la retraite. La perte d'autonomie est gérée par les départements, en créant la cinquième branche, ils perdent cette gestion. L'autonomie dans le cadre de la 5e branche n'est abordée que sur un plan d'harmonisation du financement.

L'idée était en effet de « clarifier l'architecture financière de cette prise en charge » selon un article dans Libération. Il ne peut pas être question que d'argent mais aussi penser à des créations de services pour des prises en charge de l'autonomie centrée sur la santé et le social et non plus sur de l'emploi. En effet, les structures qui accueillent les personnes en situation de handicap avec comme projet l'insertion professionnelle existent déjà sur le territoire comme par exemple le Cap Emploi, HEDA etc.

Nous ne devrions pas attendre un « objectif de qualité renforcée de l'offre d'accompagnement » mais plutôt créer un nouveau dispositif pour un public spécifique qui ne dépend à ce jour d'aucune structure pour un accompagnement long mais juste sur des actions ponctuelles.

En tant que travailleuse sociale, j'ai une idée précise de ce que pourrait être cette 3e voie. Le public concerné est un public ayant une problématique de santé conséquente avec un frein considérable pour l'emploi. L'autonomie ne serait alors pas évaluée. Ce public vulnérable peut se mettre en danger et représenter un danger aussi pour les autres. Le public post-A.A.H qui n'a pas d'accompagnement pourrait aussi en bénéficier.

Cela concerne des personnes pouvant être en rupture de soin, et avec qui l'accompagnement dans le cadre du dispositif RSA, n'est pas possible. L'orientation pourrait se faire par des travailleurs sociaux, des psychiatres, médecins, infirmiers, tout travailleurs du lien. Une évaluation serait faite dans les 15 jours après orientation par les travailleurs du nouvel organisme, et une réponse dans les 15 jours qui suivent. Soit un mois entre la demande d'orientation dans le dispositif et l'entrée. Un mois ; car le danger peut être imminent. Une réponse rapide devrait être exigée.

L'équipe serait pluridisciplinaire avec la présence de tout le corps de métiers du lien. Psychiatres, travailleurs sociaux, médecins spécialistes, infirmiers, aides-soignants, TIESF… L'accompagnement étant centré sur le social et le médical avec une possibilité de travailler sur l'emploi mais ce dernier ne doit pas prendre une place majeure dans le cadre du suivi.

Les accompagnements peuvent se faire au sein des lieux dédiés mais aussi, dans la vie quotidienne des personnes concernées. Ils percevraient une allocation à la hauteur minimum du seuil de pauvreté qui permet de répondre à leurs besoins essentiels, de dignité.

Elle serait gérée en partie ou non par des référents budgets avec la possibilité d'être placée en curatelle ou tutelle si la situation le permet. Une personne placée en curatelle reste autonome dans les actes simples de la vie, mais doit être accompagnée pour les actes importants. La tutelle, quant à elle, est une mesure plus protectrice. Elle concerne les personnes qui ont perdu leur autonomie et qui ont besoin d'être représentées dans les actes de la vie civile.

Les missions de ce service sont alors de l'ordre de l'accompagnement dans les actes de la vie quotidienne durant un temps de 2 ans minimum jusqu'à la fin de vie selon les profils.

Pour Monsieur T, s'il devait intégrer un tel dispositif, il pourrait dans un premier temps bénéficier d'un bilan santé global, d'un suivi psychologique sur du long terme qui permettrait qu'une demande AAH puisse être effectuée après deux ans de suivi médical spécialisé. Il pourrait aussi bénéficier d'un accompagnement budgétaire ; Monsieur T utilisant tout son argent, d'après ses parents, dans l'achat de substances illicites. Ceci avec un accompagnement sur l'alimentation, l'estime de soi et l'addictologie dont il souffre.

La lutte contre l'isolement, avec par exemple l'accès à la culture, le maintien de ses droits et l'accès aux soins globaux seraient alors des objectifs à atteindre.

Il existe des structures médico-sociales ambulatoires mais ce public ne peut en bénéficier car il a soit dépassé l'âge requis, soit n'est pas reconnu par la M.D.P.H.

Nous avons aussi :

Le SESSAD (Service d'éducation spécialisée et de soins à domicile) reçoit* ***des jeunes jusqu'à 20 ans* *et les suit dans leurs différents lieux de vie et d'activité. Notez que chaque SESSAD est spécialisé selon le type de déficience. Une notification de la MDPH est nécessaire. Selon la HAS, « la finalité de l'intervention du SESSAD est de permettre de trouver des réponses nécessaires dans le milieu où le jeune évolue. » En effet, il participe à la recherche d'une compensation au handicap psychique, à l'accompagnement et au travail avec l'entourage familial. Mais, il ne se situe pas du côté des soins psychiatriques.*

Le SAVS (Service d'Accompagnement à la Vie Sociale). Les demandes émanent des Centres Médico-Psychologiques, des praticiens libéraux, des travailleurs sociaux, des familles ou des personnes directement concernées.* ***Une décision de la MDPH n'est pas indispensable. Mais elle le sera pour la mise en place de l'accompagnement et de son financement.* *Les SAVS ont pour mission de contribuer à « la réalisation du projet de vie des personnes adultes handicapées en favorisant le maintien ou la restauration des liens familiaux sociaux scolaires et professionnels ». Ce service permet un accompagnement individuel mais aussi des temps d'activités collectives. En fait, ils sont souvent une aide complémentaire aux équipes soignantes. Une collaboration est donc fréquente et hautement souhaitable avec un Centre Médico Psychologique. L'accompagnement médico-social y bénéficie, quand c'est le cas, d'un contact avec le soin.*

Le SAMSAH (Service d'Accompagnement Médico-social pour Adulte Handicapés). Pour en bénéficier,* ***il faut avoir plus de 18 ans, être reconnu en situation de handicap et avoir l'accord de la Commission des Droits et de l'Autonomie (CDAPH).* *Aux fonctions des SAVS, s'ajoutent ici des prestations de soins. Ils peuvent être spécialisés dans les troubles psychiques, les suites d'un traumatisme crânien ou dans les déficiences motrices.*

Nous avons aussi des structures médico-sociales résidentielles.

Le Foyer de vie ou foyer occupationnel accueille les personnes qui ne peuvent exercer un travail productif même en milieu protégé (ESAT). Mais ces personnes ne relèvent ni d'un Foyer d'Accueil Médicalisé ni d'une Maison d'Accueil Spécialisée. Cependant,* ***elles doivent présenter un taux d'incapacité d'au moins 50 %. L'admission se fait sur décision de la CDAPH.* *Les personnes admises doivent participer aux frais d'hébergement et d'entretien. Notez que leur contribution est plafonnée et l'aide sociale complète les frais d'hébergement et d'entretien.*

La MAS ou Maison d'Accueil Spécialisé propose, quant à elle, un accompagnement–hébergement de longue durée. Les MAS sont financées par l'Assurance-maladie. Certaines sont « spécialisées dans le handicap psychique, d'autres accueillent des personnes multi-handicapées. Elles sont en grande dépendance ou vulnérabilité, nécessitant un accompagnement dans les actes essentiels de la vie quotidienne. » Elle dispose d'une équipe pluridisciplinaire, sociale, paramédicale et médicale. » Toutefois, l'admission dans une MAS n'est pas forcément* ***une fin de parcours ni une solution palliative à condition de mobiliser des ressources thérapeutiques adaptées.* »

Je pense alors que les équipes de soins et les équipes médico-sociales pourraient collaborer étroitement. Il s'agit d'inventer un dispositif adapté à chaque patient. En effet, nous avons d'une part le secteur des soins psychiatriques, le sanitaire qui soigne la souffrance et les symptômes et qui dépend de l'État. D'autre part nous avons le secteur médico-social qui a un objectif centré sur l'insertion sociale et le développement qui dépend du Conseil Départemental. Nous avons ici, deux visions, deux cultures et deux univers différents. En conséquence, nous avons des services sous tension, avec un sentiment profond de solitude et de mal-être pour des travailleurs du lien et les patients. Nous parlons ici d'abandon et de maltraitances institutionnelles.

Le concept d'empowerment définit « le développement du pouvoir d'agir des individus et des groupes sur leurs conditions sociales, économiques ou politiques ». Si des collectifs d'associations s'en sont emparés, le travail social s'y frotte plus timidement. Des politiques, elles, vont sur de l'empowerment néolibéral, où tout est vu sous le prisme de l'emploi.

Je défends un pouvoir d'agir solidaire !

Il s'agit d'un accompagnement spécifique qui rendrait possible une certaine appropriation du pouvoir sous une pensée profondément humaniste ; celle qui consiste à rendre l'individu acteur de son propre changement dans le collectif, en étant soutenu et encouragé par des ressources humaines extérieures.

Les représentations de l'individualisation des liens sociaux traversant les sociétés occidentales me conduisent à réfléchir à un accompagnement avec comme horizon le pouvoir d'agir. L'empowerment est un humanisme, une invitation à faire monde autrement, à casser et dépasser les frontières de nos individualités, de nos propres limites.

Nous ne pouvons pas être mis dans des cases. Nous ne sommes pas des robots mais des gens complexes. La société peut rendre malade plus d'un, lorsqu'elle nous demande de nous conformer à une certaine idée de ce que notre environnement et notre place doit prendre au sein de celle-ci. En résumé je propose pour ce public-là, une allocation revalorisée jusqu'au seuil de pauvreté et, automatique pour qu'il n'ait pas à subir les contraintes administratives. Je propose un accompagnement global centré sur le social et le médical mené par des travailleurs sociaux avec une file active de 30 personnes maximum.

Chapitre 8 :
Travail social : acte de résistance et de paix sociale

La novlangue sert beaucoup dans la destruction des métiers. On essaie d'utiliser des termes qui vont de plus en plus du côté de la commande sociale et économique alors que le métier est du côté de l'humain. Nous pouvons faire le lien entre « l'Homme » et le « citoyen » dans les écrits de Jean-Jacques Rousseau sur Le contrat Social par exemple.

Cela me rappelle un texte que j'avais pu écrire après une longue discussion avec un de mes amis au téléphone, Pierre Leroux, un étudiant en pharmacie qui a pu m'apporter des données philosophiques. Un texte qui mettait en évidence que la solidarité ne pouvait pas être que citoyenne, mais aussi politique à défaut d'avoir des carences sociales importantes mettant en péril l'harmonie des êtres vivants et de la nature.

La démocratie est l'expression de la solidarité citoyenne et politique

Nos sociétés sont déstabilisées par le pouvoir qu'engendrent l'économie et la finance. L'intérêt général et les biens communs ont du mal à prospérer. Les peuples ne se font plus entendre par un manque de légitimité des démocraties représentatives. Cette légitimité qui devrait permettre avec équité que le pouvoir (kratos) du peuple (demos) s'exerce. Et pourtant, nous sommes les 99 %.

Le Président Macron reporte le plan pauvreté à la rentrée. Il ne faudrait pas faire un « foot » à la coupe du monde. Ainsi, notre société souffre d'un grand retard politique sur les questions économiques et sociales.

L'économie est mondialisée mais sans la gouvernance qui va avec. On définirait alors la gouvernance comme la gestion des affaires économiques internationales au moyen d'organisation, de règlements. La gouvernance économique mondiale marque son envol en juillet 1944 avec la conférence de Bretton Woods fixant pour objectifs de mettre un terme aux désordres économiques au lendemain de la guerre. Les États-Unis proposent ainsi un système de régulation à Bretton Woods en plaçant le dollar comme une « monnaie pivot » par sa seule convertibilité en or, permettant une fluctuation entre monnaies fixes. Néanmoins, l'effondrement du système de Bretton Woods en 1971, à cause du déficit américain dû aux dépenses de la guerre du Vietnam et de la conquête du Vietnam, impose au président Nixon de mettre fin à la convertibilité du dollar en or plongeant l'économie mondiale dans une dérégulation systémique dont nous connaissons les conséquences aujourd'hui. En 1976, les accords de la Jamaïque mettent en place un système de changes flottants qui créent un désordre monétaire à travers des crises que la gouvernance ne semble plus capable de résoudre. Les choix politiques sont responsables du pouvoir donné à la finance. On se souvient bien que « mon ennemi a un nom, il a une adresse… ».

La démocratie au sein de notre société est fragilisée et se doit de retrouver sa légitimité qui renforcera la confiance envers les politiques. Le peuple y retrouvera sa citoyenneté et ainsi sa liberté, intrinsèque à sa nature. La société peut ainsi être définie comme un ensemble plus ou moins vaste d'individus entre lesquels existent des relations organisées. Aristote écrit dans son ouvrage « La Politique », que la cité est naturelle car l'Homme est un individu politique. La vie sociale serait ainsi une condition du bonheur humain, naturellement ancrée en lui. Un des mouvements politiques, la France Insoumise, propose alors de se réapproprier le pouvoir par une démocratie participative que créera la VIe République. Cela repose sur la permanente conscientisation et éducation citoyenne de tous les membres de la société, aussi vulnérables soient-ils. L'état de la pauvreté, des exclusions ne fait que s'accroître à tous les niveaux : national, européen et mondial. Le peuple, lui, veut parler d'égalité, fraternité et de liberté mais aussi de paix, de développement durable, de droits comme l'a déjà montré la période insurrectionnelle de la Commune de Paris en 1871 marquant l'avènement de la République sociale. La détérioration généralisée a un coupable au niveau européen : la politique libérale d'austérité. Cette politique qui fait que la pauvreté ne recule pas, elle se creuse dans tous les pays avec un sentiment d'injustice.

L'égalité est une chimère, on le sait trop bien mais la lutte contre les inégalités est bien réelle. Pourtant, avec des outils comme la répartition juste des richesses, nous pourrions réduire ces inégalités. Montesquieu dans son traité « De l'Esprit des Lois » énonçait que « Tout Homme qui a des pouvoirs est porté à en abuser ». L'État a donc un certain devoir d'exemplarité à assumer qui a été facilité par la mise en place d'une séparation du pouvoir empêchant un Homme de détenir le pouvoir législatif, exécutif et judiciaire mais également d'une présomption d'innocence pour assurer un système judiciaire le plus légitime possible dans le jugement des entraves commis à la société. Des fois, l'État enfreint son devoir en ne permettant plus aux individus d'entretenir des relations participant à l'établissement d'un bien commun.

Cette infraction est notamment visible à partir du moment où une partie des individus d'une société n'est plus sur un pied d'égalité avec d'autres individus selon des critères ethniques, religieux, sociologiques.

À l'échelle européenne, la solidarité entre les États semble disparaître. L'utilitarisme définit ainsi que l'Homme est un être qui cherche avant tout son intérêt. La recherche de cet intérêt dépend néanmoins de deux paramètres que sont « autrui » et « le temps » ce qui semble valider l'idée d'un lien entre l'influence des autres membres sur la société et les accords que l'individu va accepter de passer avec la société et lui-même pour assouvir son intérêt. Bentham semble fixer alors que pour atteindre son intérêt en société, le deuil d'une partie de sa liberté est inévitable. L'individu y consent donc, témoignant qu'au final tout peut être l'objet d'un contrat en fonction de son intérêt. L'esprit de concurrence qui règne, ne pouvait qu'accentuer le problème. La réalité multiculturelle résultant des immigrations n'est toujours pas assumée.

Nous constations une montée des violences xénophobes et racistes dans chaque pays à l'encontre des Musulmans, des demandeurs d'asile, des Roms... La convivialité harmonieuse entre les États ne peut se faire que par le biais de la tolérance et de compromis interculturels et identitaires. Cette notion de compromis est fondamentale puisqu'elle est à la base de notre conception de la société qui repose notamment sur la théorisation de Rousseau sur le contrat social où nous acceptons de remettre à l'État une part de nos libertés les plus fondamentales pour que la liberté de chacun soit respectée.

Aussi il faut aussi dire, que les situations de violences et de guerre n'ont pour véritable responsable que la concurrence économique qui nourrit la haine de l'autre. Et le problème est bien dans « l'autre » puisqu'au final l'autre est tout ce qui n'est pas moi comparé à « autrui » qui désigne l'autre en tant que personne humaine et donc en tant qu'alter ego. Autrui serait donc à la fois un autre moi, et un autre que moi. L'objectif ne serait-il pas alors que l'autre devienne autrui ?

Avec notre train de vie actuel, la surconsommation de nos industries pousse notre mère nature à sa destruction. Les ressources naturelles s'épuisent chaque jour par la déforestation massive, la surexploitation des pêches, les pollutions d'air d'eau et de sol : le changement climatique en est la conséquence finale... La planification écologique, pilier de l'écologie sociale, devient alors nécessaire. Notre avenir en commun repose ainsi sur la constitutionnalisation de la règle verte : ne pas prélever davantage à la nature que ce qu'elle peut reconstituer.

La prise de conscience à quatre urgences :

L'urgence culturelle, l'urgence environnementale, l'urgence économique et l'urgence sociale.

Ces quatre urgences doivent être intégrées dans une vision globale du monde. La réponse aux enjeux contemporains viendra de la réponse conjointe à ces problématiques. Ceci pour que notre société ne soit plus un collectif, où le tout égale la somme des parties, mais une communauté où le tout est supérieur à la somme des parties. Le traitement de ces causes renforcera notre démocratie, notre vivre ensemble, et nous apportera la paix.

Il y a une faiblesse dans les réactions politiques. Elles n'ont pas été à la hauteur des enjeux et ne sont donc pas responsables face aux urgences déclarées. On le voit bien lors des prises de décisions concernant le nucléaire par exemple.

Nos politiques ne croient que par une seule science économique : la méthode libérale qui amène hostilités entre les peuples par le chacun pour soi, et creusent les inégalités par la concurrence qu'elles défendent. Ces politiques ne sont pas progressistes, elles ne pensent pas avenir. Elles ne sont pas en phase avec les enjeux actuels. Ces politiques libérales manquent de courage par l'égoïsme qu'elles dégagent. Une médiation entre le peuple et les politiques doit s'effectuer afin de rendre possible des décisions accessibles aux progrès de l'égalité et de la paix.

Nous avons ainsi choisi comme société celle qui est gouvernée par l'État. Il permet la coexistence des libertés à travers le consentement libre et éclairé des citoyens quant à la limitation de leur liberté propre. L'intérêt de l'Homme serait donc d'autolimiter ces libertés pour arriver à vivre ensemble. Le rôle de l'État est de déléguer à une institution ce qu'on ne peut pas faire sans être juge et partie. On délègue ainsi à l'État le droit de juger et le droit de contraindre. En effet, Max Weber dit que « L'État a le monopole de la violence légitime ». On délègue à l'État ce droit car nous sommes avant tout libres, une autorité est plus forte que nous, cette structure va nous aider à vivre ensemble. John Locke envisage ainsi l'État avec la thèse libérale selon laquelle l'Homme naît avec des libertés, dont l'État doit assurer son respect. Même si cette conception de l'État peut être perçue comme minimaliste, l'Homme semble ainsi ne pas avoir d'autres choix que de se soumettre à l'idée de vivre en société et donc de consentir à voir ses libertés auto-limitées. Le contrat passé entre l'État et ses citoyens serait alors remis en question, les citoyens n'ayant pas à manifester une quelconque volonté ou un consentement personnel puisque ce contrat leur est imposé.

Il n'y a pas d'autres alternatives possibles. La conception de l'État selon Hobbes fixe l'absolutisme politique : à l'état naturel il n'y a que des rapports de force. « L'Homme est un loup pour l'Homme », et le rôle de l'État serait en quelque sorte d'assurer la paix. L'État est certes puissant mais le principal risque est alors l'oppression des libertés. Il y a alors une nécessité de l'État de s'autolimiter lui aussi pour pallier toute dérive. Tout Homme qui rentrerait dans une forme d'insurrection face au compromis de ses libertés dans ce contrat tendrait à disparaître car agissant contre son propre intérêt. La vérité est dans une solution médiane entre ces conceptions opposées.

Nous voulons TOUS cela. Nous voulons de ce monde idéal où chacun serait épanoui. Mais nous n'avons pas les MÊMES façons de lui donner corps. Les politiques qui affirment tendre vers cet idéal avec des méthodes contraires sont justes hypocrites. Les individus qui en sont les auteurs ne croient pas en la possibilité de réaliser leur objectif. Ils ne croient juste pas au pouvoir que le peuple leur donne.

En effet, un changement profond des traités européens est obligatoire pour appliquer un programme. La faute à la mondialisation qui est l'œuvre des connivences des politiques. Voilà pourquoi la démocratie s'affaiblit. Le peuple ne croit plus en ses élus.

Construire une Europe des peuples est essentiel, l'union des forces humanistes à travers un mouvement « Maintenant le peuple » en est une ébauche concrète. L'ouverture internationale du marché a laissé sur la touche le pouvoir politique. Ce pouvoir est pourtant celui que le peuple peut exercer pour choisir son avenir en conscience.

L'État n'est plus que l'ombre de lui-même face à cette compétition mondiale. Les règles économiques et financières ne doivent pas s'imposer au fonctionnement des états mais les servir. Nous défendons ainsi, une harmonisation fiscale, sociale et écologique. N'oublions jamais que la révolution française a donné naissance à notre devise : liberté, égalité, fraternité. Dans un monde de concurrence, cette devise n'a plus sa place ! Elle a abattu le pouvoir monarchique, libérant le peuple de leur administration et des privilèges de la noblesse.

Êtes-vous véritablement prêt à reculer en marche arrière ?

Êtes-vous prêt à balayer toutes les luttes progressistes des masses populaires pour plus d'égalité et de partage ?

L'idéologie néolibérale ne peut générer qu'un monde du chacun pour soi, bien loin de nos valeurs, de notre devise. La société actuelle est en effet à l'heure du relativisme.

Le relativisme met en lumière le fait que le sujet n'accède au réel que sur le mode de l'apparition. Le relativiste pose le fait que nous n'avons accès qu'à des apparitions et qu'il n'est pas légitime d'affirmer en amont l'existence d'un être.

En effet, puisque nous n'avons qu'un rapport au réel que sur le mode de l'apparition, on ne peut pas légitimement dire qu'il existe un être derrière. L'individu est alors l'étalon unique de mesure des valeurs, et on est alors dans un système absolument immanent puisque ce sont les hommes qui produisent les valeurs. C'est pour cela qu'il n'existe pas alors une vérité unique et transcendante : la vérité est un concept immanent et il devient ainsi incohérent de croire en l'existence d'une universalité de lois scientifiques vu que celle-ci repose sur une conception transcendante du monde qui nous entoure. Chaque homme définit alors sa propre conception de la vérité par les sensations qu'il tire du monde qui l'entoure.

Il s'agit alors de différences de perception de la réalité basées sur des ressentis propres à chacun qui ne peuvent qu'être vrais. Le relativisme définit donc la subjectivité de l'incertitude. À l'opposé, parmi les tenants de la possibilité de connaître, une doctrine notamment soutenue par Platon disciple de Socrate soutient l'existence d'un cosmos des Idées, c'est-à-dire d'un monde régit par un ordre harmonieux, que Platon nommera le Monde des Idées.

Ainsi, Platon atteste d'une rationalité transcendante de ces Idées (modèles). Il établit en effet comme certitude que la vérité est unique et supérieure à nous. De cette transcendance, répondant bien que partiellement au problème, nous devons nous inspirer pour reconstruire un idéal républicain, liant d'individus fracturés par un atomisme social sans nom. C'est ainsi l'essence du pari de l'écologie sociale, du nouvel humanisme : nous confronter à notre difficulté commune pour construire ensemble un avenir en commun.

L'abondance devient rareté. Il s'agit d'une culture consumériste, un mode de vie et de pensée qu'on retrouve de partout même au sein de nos relations sociales. La concurrence se nourrit par la publicité des médias. La surconsommation par le mérite, l'efficience, la réussite devient notre seule égalité des chances.

Pour conclure, la solidarité ne peut être que citoyenne ET politique à la fois.

En effet, si elle n'était que citoyenne, l'auto-organisation serait dépourvue des responsabilités politiques qui encadrent notre société ; le chacun pour soi serait la norme. Si elle n'était que politique, une autre dérive est à craindre celle de la déresponsabilisation citoyenne. Le vivre ensemble, en fraternité les uns avec les autres pourrait mourir. Une société ne fonctionne que si tous les acteurs prennent leurs responsabilités. Il s'agit de la co-responsabilisation État/citoyens que nous défendons. Nous devons chacun se réapproprier la politique. La politique ne doit plus être un tabou ni une charge mais un outil de conscientisation nécessaire pour défendre ce que nous avons en commun. Une action d'auto-organisation citoyenne n'a ainsi de sens que si nous la politisons tous ensemble, en faisant que dans chaque lutte tous les acteurs de la société se sentent concernés par la situation. La solidarité est internationale, elle n'est ni de la charité ni de l'humanitaire. Il s'agit d'une solidarité qui ne soit pas auto-organisation ou résilience, mais bien la Reconquête des pouvoirs politique et économique avec la participation de tous les peuples.

Il s'agit de penser à l'échelle internationale ce qui peut s'expérimenter à l'échelle d'un pays. La citoyenneté politique est ce que nous pouvons faire ensemble ; c'est le vivre en commun.

Seul nous ne sommes rien, ensemble soyons tout !

Katia Yakoubi avec un apport philosophique et historique complété par Pierre Leroux.
Un texte écrit après de longues heures de discussion.

Ce texte peut être difficile à lire. Peut-être faudrait-il poser une RTT et prendre un doliprane avant mais le message, lui, est simple : La solidarité (auto-organisation) doit être citoyenne et politique à la fois sinon ça ne marche pas !

C'est une nouvelle façon de faire société ensemble car l'État est défaillant ; et dans le texte j'explique pourquoi ! Une auto-organisation politisée (politique : vie de cité) amène une conscientisation du peuple. Il redevient acteur et s'approprie de nouveau les questions politiques (pouvoir d'agir). Voilà une nouvelle manière de fédérer le peuple par l'action. Le pouvoir de l'action unit les gens, par l'échange que la communication amène dans la bonne humeur et les amènent vers une conscientisation politique. Une révolte pacifique. Une révolte citoyenne. C'est de la résistance !

J'ai eu un plaisir aussi à discuter avec une collègue de travail sur l'engagement collectif. Et, cela nous a amené à mettre en évidence que notre travail est mis beaucoup plus à disposition des accompagnements individuels plutôt que ceux qui sont collectifs. En début de ce livre je vous ai évoqué une ISAP, soit une Intervention Sociale d'Aide à la Personne (exemple avec Monsieur T). Il faut savoir que dans le cadre de notre travail, on nous enseigne aussi à faire des ISIC, Intervention Sociale d'Intérêt Collectif (exemple avec l'inter collectif et la personne avec un handicap qui se réunissent autour d'une problématique commune : les punaises de lit). Lors des stages professionnels, les étudiants sont censés avoir appris à mettre en place les deux méthodes, mais la réalité est tout autre. L'une s'adresse à une personne seule (ou à la famille proche) et l'autre engage un travail collectif (action collective, travail social de groupe). C'est-à-dire que l'on réunit des personnes aux problématiques semblables pour travailler en groupe.

Le travail social tend à négliger les ISIC de son champ professionnel par manque de temps et de moyens. Je prône ici la redécouverte des libertés collectives fondamentales au même titre que les libertés individuelles.

En effet, la politique sociale n'est plus seulement délimitée par des missions de protection et d'insertion des personnes et des publics ciblés. Elle doit penser à favoriser le « faire corps ensemble », le « faire société ».

Il existe des exemples de collectif qui se sont formés autour d'une problématique commune et qui ont pu voir le fruit de leurs revendications aboutir. Ma collègue du bureau, assistante sociale Laura Benedetto, m'a donné un exemple concret qui s'est produit dans un quartier populaire sur Paris. Dans ce quartier, les habitations d'un immeuble étaient chaotiques notamment sur des problèmes qui pouvaient être très vite résolus. Lorsque les personnes sont seules, elles semblent résignées face à leurs problèmes qui leur semblent indépassables. Il suffit qu'une personne puisse vouloir mettre tout ce monde dans une dynamique pour qu'un mouvement puisse se mettre en route. C'est ainsi que la force de chacun s'ajoute pour former la puissance qui viendra à bout de souffle des difficultés individuelles. Dans cet immeuble de Paris, les habitants souffraient de mal logement. Des logements mal isolés, présence de cafards, des murs qui s'effritent, une ampoule à remplacer, des toilettes cassées.

Un travailleur social est allé faire des portes à portes, et à demander à chaque habitant d'expliciter son « mal logement », à expliquer son projet en impliquant des intervenants extérieurs comme les compagnons bâtisseurs dans cette démarche collective. Pour chaque habitant, la solidarité collective a pu répondre à 90 % des problématiques soulevées. Bien sûr, cette méthode collective ne pourra pas répondre aux problèmes de logement dits majeurs ! Cette intervention d'intérêts collectifs a su remobiliser des habitants du quartier, leur permettre d'apprendre qu'ils n'étaient pas seuls, rompre leur isolement et développer le vivre mieux dans leur logement. Cette méthode interroge le développement social durable et, est centrée sur le développement du pouvoir d'agir des personnes. Elle permet une prise en compte des enjeux de l'ensemble des acteurs concernés par un problème et la recherche d'intérêts multiples (individuels, communs et généraux) dans une œuvre de paix.

La paix sociale représente « l'obligation pour les associations patronales et les syndicats de résoudre les conflits à la table des négociations et de renoncer à des mesures de rétorsion telles que lock-out ou grève ». Nous sommes vus, nous les travailleurs sociaux, comme étant des acteurs de la paix sociale. Ces pompiers qui gèrent les urgences et permettent alors à la société par les pansements qu'ils posent, de vivre en paix. Elle semble si fragile la paix sociale. On se souvient de la révolte légitime des gilets jaunes. Grâce à eux, j'ai pu avoir une prime de 1 000 euros. On peut se demander alors si la paix sociale a un prix. Pour qu'elle soit durable entre nations et/ ou au sein de la nation, il faut une réduction des inégalités et faire disparaître la pauvreté du paysage. Si on veut éviter les révolutions, il n'y a pas d'autres solutions. Lorsque notre travail, à nous les travailleurs sociaux, se situe dans la gestion purement économique, nous retardons sûrement les colères et les révolutions citoyennes en posant nos pansements individuels et collectifs mais nous ne guérissons pas la plaie. Notre place devrait être surtout dans l'accompagnement au bonheur, à la dignité, à la fraternité.

Pour Rousseau, la paix ne s'oppose pas seulement à la guerre mais aussi à la servitude. Elle n'est donc pas synonyme de tranquillité, et se définit comme « sûreté » à la condition d'inclure « la garantie de la vie et de la liberté de chacun par toute la communauté ». En ce 11 novembre, j'ai une pensée pour les 19 millions de morts, les invalides de la guerre qui nous rappellent que les discours de haine et de concurrence entre les peuples produisent le pire. La folie du capital menace la paix et prépare la guerre. On croit mourir pour la patrie, on meurt pour des industriels comme l'écrivait dans sa lettre Anatole France.

Chapitre 9 :
Le travail social, métier du lien et non de l'assistanat !

Combien de fois ai-je entendu dans les médias et ailleurs que le métier de travailleur social était un métier d'assistanat ?

Dans leurs représentations, les personnes que nous accompagnons sont trop aidées et pas assez actives. Elles sont les responsables des maux de la société, elles contribueraient à la chute économique du pays en profitant sans gêne du système, de nos impôts. Elles seraient feignantes, ne voudraient pas travailler et se complairaient à rester dans les minima sociaux.

Ils en viennent même à croire que l'on pourrait vivre mieux des aides cumulées que par le travail avec les charges qui nous incombent. Le prix de l'essence, les frais de garde d'enfants, les frais de mutuelles de santé… etc. Alors que les « assistés », eux, peuvent prétendre à la gratuité des transports en commun, aux aides pour le mode de garde et même à la complémentaire santé solidaire ancienne C.M.U-C. Quel scandale ! Mais alors, si c'était le cas pourquoi, ces scandalisés ne quitteraient-ils pas leur travail et ne s'inscriraient-ils pas au RSA ?

En extrapolant, les travailleurs sociaux participeraient même à enfermer les « assistés » dans ce système économique avantageux. Ils sont les pauvres qui coûtent selon le Président Macron « un pognon de dingue ». Ils sont ces « riens » de la gare, ceux qui ne savent pas « traverser une rue » pour trouver un travail. Le personnel politique de tout bord politique malheureusement, véhicule ces clichés avec pour illustration un ancien dirigeant des Républicains qui fustige le « cancer de l'assistanat ». Nous avons aussi pu voir lors des débats parlementaires comment des aides sociales ont pu être vues à la baisse parce qu'on ne va pas « pleurer pour 5 euros » d'APL.

Dans la société française nous avons un Français sur cinq qui est concerné par la pauvreté.

Selon l'Insee, un Français sur sept croit et véhicule ces représentations. Cela fait quand même près de 10 millions de personnes soit près de l'équivalent des 8 millions de pauvres qui ont besoin de l'aide alimentaire alors que nous sommes la 5e puissance mondiale derrière les USA, la Chine, le Japon, l'Allemagne et devant le Royaume Uni et l'Inde (PIB en juillet 2021).

En 2019, 13,6 % des Français disposaient d'un revenu inférieur à 1 063 euros pour une personne seule et donc étaient considérés « à risque de pauvreté monétaire », un indicateur classique. Par ailleurs, indicateur moins suivi, 13,1 % étaient confrontés à des difficultés de paiement, de logement, de consommation et étaient donc pauvres au sens non monétaire (ou en condition de vie). Deux façons donc de mesurer la pauvreté en France, 5,7 % étant touchés par les deux formes du phénomène, publié dans le Journal Les Echos du 1er septembre 2021 selon une étude de l'Insee. Pour alimenter leurs travaux, les auteurs se sont appuyés sur l'indicateur européen de privation matérielle et sociale.

Beaucoup sont juges sur la pauvreté, très peu savent ce qu'elle est vraiment.

Alors c'est quoi la pauvreté ?

On a coutume de penser que la pauvreté est liée uniquement aux ressources monétaires. Il est vrai que selon le Conseil Européen de décembre 1984 sont considérés comme pauvres « les individus ou familles dont les ressources sont si faibles qu'ils sont exclus des modes de vie minimaux acceptables dans l'État membre dans lequel ils vivent ». Ainsi compris, le pauvre se caractérise comme celui qui ne dispose pas d'un minimum de ressources nécessaires à l'assurance de sa survie. La référence qu'on utilise pour dénombrer ces populations est celle de la pauvreté monétaire selon le « seuil de pauvreté ».

Ce seuil, selon l'INSEE étant égal à 60 % du revenu médian, soit le revenu qui sépare en deux la population. Un individu (ou un ménage) est considéré comme pauvre lorsqu'il vit dans un ménage dont le niveau de vie est inférieur au seuil de pauvreté soit 1 063 euros en France en 2021. Le seuil de pauvreté pour une famille avec 2 enfants, dont un âgé de moins de 14 ans, est de 2232 euros (1 063 euros × 2,1).

Combien de pauvres en France ?

	Seuil de pauvreté en euros par mois	Nombre de personnes pauvres	Taux de pauvreté en %
Seuil de pauvreté de 40 % du niveau de vie médian	735	2,3 millions	3,7
Seuil de pauvreté de 50 %	918	5,2 millions	8,2
Seuil de pauvreté de 60 %	1 102	9,2 millions	14,6

Source : Insee – Données 2019 – © Observatoire des inégalités

La pauvreté continue sa progression avec un creusement des inégalités sociales et près de 12 millions de Français en 2021, soit 18.46 % de la population française est concernée.

La pauvreté ne se limite pas aux aspects financiers, mais prend en compte le sentiment d'exclusion de la société à une époque donnée. La misère a été révélée par le rapport du père Wresinski, fondateur du mouvement des Droits de l'homme ATD Quart-Monde intitulé « grande pauvreté et précarité économique » donnant ainsi naissance à des qualificatifs nouveaux comme « quart monde », « nouveaux pauvres », « exclus ».

La pauvreté n'est pas un phénomène nouveau, on la retrouve à travers l'histoire sous des expressions diverses comme « mendiants » « nécessiteux » « prolétaires » « ouvriers » ou encore « malades ». Ces expressions révèlent ainsi une constance de ce fait social et la spécificité qu'il prend à chaque époque. La pauvreté est persistante et elle est toutefois liée aux transformations de la société.

Avec les époques, les conditions du salariat ont changé, nous souffrons aujourd'hui de délocalisation de nos emplois du fait de la mondialisation économique et de la concurrence libre et non faussée. C'est alors que la stabilité de l'emploi est menacée. À ces évolutions est associé le terme de précarité. La notion de précarité est reprise dans le rapport de OHEIX (ministère de la santé et de la sécurité sociale en février 1981) qui souligne « qu'il est des individus et des familles qui sont pauvres non seulement parce que l'argent leur manque mais aussi par leur éducation, leur rapport à l'emploi, leur logement, leur santé… ».

Ainsi, à la différence de la pauvreté qui peut être définie et mesurée par des indicateurs comme le seuil de pauvreté ou selon les biens jugés nécessaires liés aux conditions de vie (la pauvreté d'existence) ou encore la pauvreté administrative dénombrant les ménages bénéficiaires de minimums sociaux tels que le RSA, la précarité elle, est impossible à mesurer et à quantifier. La précarité est définie selon le rapport sur la grande pauvreté et la précarité sociale comme « l'absence d'une ou plusieurs de sécurités, permettant aux personnes et aux familles d'assumer leurs obligations professionnelles, familiales et sociales et de jouir de leurs droits fondamentaux. L'Insécurité qui en résulte peut-être plus ou moins étendue et avoir des conséquences plus ou moins graves et définitives. Elle conduit à la grande pauvreté quand elle affecte plusieurs domaines de l'existence, qu'elle devient persistance, qu'elle compromet gravement les chances de reconquérir ses droits et de réassumer ses responsabilités par soi-même, dans un avenir prévisible ».

Dès lors, on peut dire que c'est par un fort degré d'incertitude sur l'avenir que la précarité peut être pointée du doigt, incertitude et fragilité quant à l'emploi, au logement, aux ressources, à la santé qui, en se combinant peuvent conduire à l'exclusion.

Ainsi, la précarisation qui se caractérise par l'absence d'une ou plusieurs de ces différentes sécurités peut affecter n'importe quel individu dans de nombreux domaines de l'existence dont la santé.

Enfin, la précarité liée à un sentiment d'inutilité sociale conduit l'individu à s'isoler peu à peu et à se désocialiser. C'est cette perte de lien social qui amène à l'exclusion. L'exclusion est une notion traduisant généralement une sortie du système, on parle alors de désocialisation. À la différence de la précarité qui représente une notion d'équilibre pouvant être défaite à tout moment, quand on parle en revanche de l'exclusion, on est dans quelque chose de l'ordre de la rupture qui se caractérise par une perte des liens sociaux. Robert CASTEL, sociologue français dans son ouvrage « Les métamorphoses de la question sociale », l'exclusion « pure » n'existe que dans des cas extrêmes comme l'apartheid ou le baissement aux galères.

Pour le cas de nos sociétés, il préfère parler de « désaffiliation sociale » qui apparaît comme un concept plus large que celui de la pauvreté.

Les précarités cumulées peuvent entraîner la pauvreté et amener à l'exclusion.

Voilà où se situe concrètement l'utilité du travail social, comme métier du lien. En effet, nous avons toutes et tous intérêt à en prendre conscience pour que chaque individu puisse trouver sa place dans le jeu social.

Nous sommes les travailleurs du lien social. Notre mot d'ordre : l'insertion.

Elle désigne à la fois un processus et un état qui conduit un sujet à trouver une place reconnue dans un système. L'insertion est un travail de recomposition du réseau de relations de la personne, un nouvel ancrage dans le tissu social, un échange, un lien entre la personne et la société. En ce sens, je rejoins le raisonnement de D. LEGALL « l'insertion comme transformation du rapport à la vie sociale » qui sonne une brève définition du concept de l'insertion : « l'insertion est un processus de transformation d'une manière d'être en société ».

Est-ce que le mythe fondateur de notre société, que chaque génération transmet à sa progéniture, est né de la formule « tout « capital » exigerait sa peine » ? Dans la Bible, il est représenté par le péché originel. Pourtant, Ève, en cueillant la pomme, n'a fait que satisfaire une curiosité, source de toutes nos connaissances. N'est-il pas temps aujourd'hui, de s'appuyer sur de nouvelles pensées fondatrices ? Les politiques libérales ont pour logique que la liberté est au-dessus de toutes les autres valeurs. La liberté absolue, où chacun est responsable de sa vie du fait de ses choix et comportements économiques, à travers la conception d'un seul et unique marché. Tant pis pour les autres c'est la loi du plus fort !

Si la société était vue comme un corps humain, chaque être serait représenté comme une cellule et le flux sanguin comme la monnaie qui régit les échanges entre les cellules. C'est alors, que nous pouvons comprendre que chacune d'entre elles a son rôle à jouer pour préserver la vie de cet être social. Ainsi, la vie de la société ne tient qu'à l'harmonie de chacun de ses individus. L'harmonisation sociale est le fait qu'il n'y a pas d'autre richesse que l'Homme.

Il s'agit d'une richesse commune à fortifier. Elle aidera à conserver une capacité à servir l'égalité pour combattre les inégalités sociales. L'urgence devient l'avenir en commun avec une assurance collective contre les risques de la vie. Prévenir plutôt que guérir. Il s'agit ici d'une révolution sociale qui conjugue harmonieusement liberté et solidarité. Pour cela, il nous faut d'abord changer de regard.

Du pauvre au riche, nous sommes UN et nous devons apprendre à conjuguer la liberté et la solidarité pour faire évoluer cet être social, dans lequel chacun a un rôle vital à jouer. Pour cela, nous devons nous libérer de la pensée fondatrice biblique. Il n'y a pas une seule réalité économique et sociale. La monnaie est juste un ensemble d'échanges de biens et de services. C'est par le flux sanguin que les cellules communiquent entre elles. Les individus se réunissent à travers des images conceptuelles telles que l'histoire nationale, la culture, l'appartenance communautaire ou religieuse… Et pour la société française ; il s'agit de la République une et indivisible !

Ces liens sont à préserver ! Ce sont des échanges vitaux. La concurrence pousse en effet à l'individualisme. Or, un corps ne peut grandir et évoluer (vivre) qu'à travers des liens forts et unis. Aujourd'hui, on ne se sent plus appartenir à une communauté participante à l'unité. Les sociétés se fracturent, se facturent, tel un cancer qui donne naissance à la mort. Le désir de vivre ensemble est remplacé par un État totalitaire et libéral sous l'emprise de la finance où seul le profit égoïste est recherché.

La prise de conscience collective donnera ainsi naissance à une révolution citoyenne et sociale. À la représentation de la liberté absolue par l'individualisme méthodologique (terme économiste pour justifier les politiques actuelles), nous devrions proposer une alternative aux lois que les libéraux du XVIIIe siècle ont imposées : celles du vivre ensemble, de la préservation des biens communs. Nous sommes des individus agissant comme des cellules solidaires, mais aussi libres que des êtres sociaux émancipés. La solidarité n'interdit pas la liberté ! L'économie est une science des choix de production et de distribution des ressources. Ces dernières sont insuffisantes et mal réparties. Les économistes libéraux sont hors réalité. Ils ont tendance à séparer les individus au lieu de réunir leurs forces. Les individus évoluent librement dans la société par les échanges de monnaie, mais cette dernière doit être redistribuée de manière équitable pour leur permettre de vivre !

Chacun doit pouvoir apporter librement sa contribution à la vie sociétale. Voilà où se trouve la véritable démocratie et le vivre ensemble. La clef de la réussite se trouve dans la juste répartition des richesses. L'ordre social ne peut être que par cela. Ainsi, on sortirait de la pauvreté, de l'exclusion qui engendrent des déséquilibres économiques et qui conduisent « l'être social » à sa mort.

C'est ce que nous avons tenté de faire avec la création du R.M.I, ancêtre du R.S.A. Ce dispositif est un des instruments ayant pour objectif de réduire la pauvreté sans jamais l'éradiquer car qui peut réellement vivre avec moins de 1 000 euros par mois ?

Dans le cadre du dispositif RSA, les personnes ont un accompagnement social global avec un référent unique. Cet accompagnement est matérialisé comme précédemment expliqué par la signature d'un contrat d'engagement réciproque (outil de contrôle du Conseil Départemental). Je rappelle que je travaille dans un des lieux d'accueil RSA de Marseille, il se situe plus précisément en centre-ville dans les arrondissements les plus pauvres d'Europe, le 2e et 3e arrondissements. J'ai une file active de 150 personnes avec des entrées et des sorties permanentes. Mon travail consiste à lever les freins des bénéficiaires du RSA pour permettre un retour vers l'emploi. Les freins sont nombreux et témoignent des précarités superposées qui conduisent des personnes dans une pauvreté.

J'accompagne des adultes présentant des difficultés d'insertion, en collaboration avec tous ceux qui participent à l'action éducative, thérapeutique et sociale. Nous avons comme mission d'aider les personnes en difficulté à restaurer ou à préserver leur autonomie.

Il existe des personnes qui n'ont aucun problème de la sorte si ce n'est de chercher un emploi qu'ils ne trouvent pas. Le plein-emploi ce n'est pas pour demain avec plus de 6 millions de demandeurs d'emploi, nous n'avons même pas 1 million d'offres d'emploi via le pôle emploi. Le droit à l'emploi proclamé dans la constitution de 1958, « chacun a le devoir de travailler et le droit d'obtenir un emploi » n'est ainsi pas garanti dans notre pays. Il est aussi peut-être temps de dire que la rémunération du travail n'est pas à la hauteur de nos besoins. Le chômage est de 900 euros en moyenne. Il est souvent comparé avec le salaire d'un travail au SMIC soit 1 258 euros net / mois à 35 heures ; soit 358 euros par mois en plus.

Cet argent supplémentaire comble souvent les frais engendrés comme les frais de transport, les frais de garde, de vêture… etc. Le travail n'est pas attractif en plus de la pénibilité qu'il peut engendrer.

Dans ma file active, les freins liés au retour à l'emploi sont nombreux et, sont ainsi loin d'être du fait de mauvaise volonté. Il faut savoir que les bénéficiaires du RSA sont pour la majorité des cas inscrits à pôle emploi. Ils peuvent alors avoir un accompagnement et signer un PPAE qui leur permet de continuer à recevoir le RSA du Conseil Départemental.

Ils peuvent aussi avoir un accompagnement avec un référent social dont je fais partie qui propose aussi un accompagnement à l'emploi dit « global » selon la situation et les besoins.

Selon l'observatoire régional de Pôle emploi, un demandeur d'emploi sur six déclare des freins périphériques au retour à l'emploi. Les deux principaux freins évoqués sont la « santé » (43 %) et le « transport » (40 %). Parmi les demandeurs d'emploi concernés par les freins périphériques, 44 % en cumulent au moins deux. Ces freins périphériques qui traduisent des difficultés non-professionnelles (santé, transport, financier, contraintes familiales…) sont désormais évalués au cours du diagnostic réalisé conjointement avec un conseiller Pôle emploi et le demandeur d'emploi lors de son inscription. Globalement, les demandeurs d'emploi affichant des freins périphériques sont surreprésentés chez les personnes sans aucune activité (catégorie A), les seniors, les demandeurs avec des niveaux de formations les plus faibles, et ceux avec une durée d'inscription à Pôle emploi entre 12 et 24 mois, les bénéficiaires de l'obligation d'emploi et du RSA.

Comme au pôle emploi, dans les lieux d'accueil RSA, nous procédons aussi à une évaluation des besoins par rapport aux freins lors de la rencontre avec les bénéficiaires. Ces besoins et freins sont réévalués sans cesse lors des rendez-vous où nous effectuons un diagnostic social, soit le balayage complet de la situation de la personne. Dans ce diagnostic social, nous posons ensemble avec le bénéficiaire des objectifs pour lever les freins établis. C'est alors que selon les situations nous avons des personnes qui ne peuvent pas être dans une démarche d'insertion. Je peux prendre l'exemple d'une femme enceinte qui aura des difficultés pour trouver un emploi notamment si la grossesse est à risque, ou encore des parents isolés qui ont des enfants de moins de 3 ans non scolarisés et donc avec un manque de mode garde etc. Chaque situation est ainsi différente et les réponses doivent être adaptées pour répondre aux besoins spécifiques.

Le retour à l'emploi est semé d'embûches que nous tentons de lever AVEC le bénéficiaire ! Ils sont alors loin d'être inactifs comme certains le pensent car ils sont dans un parcours d'insertion avec des rendez-vous réguliers et des stages et ateliers thématiques pouvant aller jusqu'à 20h par semaine comme par exemple les ateliers FLE (Formation en français), les ateliers d'insertion qui entendent contribuer à l'autonomie et au bien-être.

Est-ce que les bénéficiaires du RSA peuvent avoir droit à une aide pour le mode de garde ? Oui, nous avons un dispositif appelé « la plateforme de mode de garde », qui peut être sollicité à condition que la personne ait un projet emploi bien ficelé, une promesse d'entrée en formation ou de signature d'un contrat de travail.

Est-ce que les personnes peuvent bénéficier de la complémentaire santé et solidaire ? Oui à condition de pas avoir dépassé un certain revenu dans les 12 derniers mois.

Est-ce que les bénéficiaires peuvent avoir droit à la gratuité des transports ? Oui à condition qu'ils soient dans un le cadre d'un accompagnement à l'emploi ou à visée emploi en lien avec les dispositifs du Conseil Départemental (DAIE, accompagnement global, création d'entreprise, SAS bilan, formations qualifiantes etc.). La gratuité des transports est de 12 mois maximum.

Les bénéficiaires du RSA ont des dépenses qui sont du même ordre que tous les autres citoyens : le loyer, les factures d'Énergie, l'alimentation, la vêture, les assurances, les abonnements téléphoniques, les dépenses liées à l'éducation des enfants. Ils peuvent demander des aides, mais elles sont ponctuelles et jamais garanties. Les aides pour les familles nous reviennent souvent avec des refus de l'UGAF (organisme du département traitant les demandes d'aides aux familles). Ce sont ces aides qu'on demande en faveur des enfants du foyer lorsque par exemple il y a un lit vétuste et qui doit être racheté, ou encore qu'une famille souhaite inscrire son enfant au centre aéré ou dans un atelier sportif.

Lorsqu'il y a une amende pour stationnement gênant à payer par exemple il n'existe aucune aide pour cela. Jusqu'à la réforme de la taxe d'habitation, Les bénéficiaires du RSA devaient s'en acquitter comme tout le monde, le dégrèvement ne pouvant plus s'effectuer.

De même, les droits aux allocations familiales sont des aides financières accordées par les caisses d'allocations familiales ou les mutuelles sociales agricoles aux familles allocataires ayant au moins 2 enfants à charge.

L'allocation est soumise aux conditions de ressources pour son attribution depuis peu. Son montant varie en fonction de l'âge, du nombre d'enfants à charge et des revenus du foyer. C'est pourquoi les allocations familiales sont également appelées allocations familiales modulées. On est riche à partir de « 4 000 euros par mois par personne », avait déclaré François Hollande en 2007. Pour les allocations, tout le monde peut y prétendre jusqu'à un salaire annuel de 93 212 euros pour 2 enfants. Pour 4 enfants, le plafond est de 104 866 € soit + 5 827 € par enfant supplémentaire. Les bénéficiaires de l'aide sociale seraient alors des profiteurs, des voleurs ? Ils coûteraient trop cher à notre système social ? En 2020, les 680 contrôleurs de l'organisme public ont détecté 39 917 fraudes pour un montant total de 255 millions d'euros.

Cet argent retourne généralement dans le système économique général. Ce ne sont pas avec des sommes pareilles qu'on se construit un paradis fiscal. D'ailleurs, ce montant est à comparer avec les grands fraudeurs qui sont surtout les employeurs qui se livrent au travail dissimulé. Les entreprises sont championnes de la fraude sociale, avec entre 18,5 à 22,9 milliards de manque à gagner par an, comme le souligne la Cour des comptes. Le reste, de 1,7 à 2 milliards d'euros, concerne des irrégularités comptables. La Cour des comptes fustige le laxisme face aux entreprises qui fraudent sur les cotisations sociales et pratiquent le travail illégal. Il y a bien deux poids deux mesures dans le débat.

Le conseil départemental a aussi pour rôle le contrôle des situations, tous les bénéficiaires du RSA des files actives de chaque référent sont scrutés, un à un dans le cadre de ce qu'on appelle les « EP verte », en présence des référents sociaux. Il peut alors missionner, des agents de contrôle de la CAF agréés et assermentés devant le Tribunal d'Instance qui vérifieront l'exactitude des déclarations. Un rendez-vous n'est pas forcément fixé entre la personne et l'agent de contrôle. Si des fraudes sont remarquées, des poursuites seront engagées à l'encontre des personnes. Ils devront alors rembourser toutes les prestations perçues et une radiation du dispositif RSA s'en suivra.

RSA, prime d'activité, aide à la complémentaire santé, loin de la fraude généralisée, c'est plutôt leur non-attribution qui est fréquente. Une grande partie des allocataires potentiels ne les réclame pas, soit par méconnaissance de leur droit, soit par peur de la stigmatisation. L'immense majorité des demandeurs d'emploi accepte le premier boulot à leur portée, qu'il soit précaire ou mal payé. Comment, sinon, le taux de précarité atteindrait 50 % chez les jeunes qui travaillent ? Comment oublier leurs difficultés budgétaires avec un endettement chronique pouvant aller jusqu'au surendettement ? Ces difficultés entraînent des dépressions dans de nombreux cas, du fait de la peur des lendemains incertains, des isolements, des suicides. Cet état d'esprit fragile rend difficilement accessible le monde du travail. Imaginez-vous maintenant à leur place, sans accompagnement social ni médical ! L'intérêt de notre travail se situe exactement là.

Alors, toujours assistés ?

Lettre au président de la République

Tribune de travailleurs du soin et du lien !

Par Katia Yakoubi avec Henri Saint-Jean et d'autres.

Monsieur le Président de La République,

Nous venons par cette lettre vous exposer comme une bouteille à la mer des revendications venant des travailleurs du lien social. Ici, nous voulons vous parler d'un public dont on ne parle quasiment jamais, ils sont abandonnés dans les rues, en errance. Nous ne parlons pas seulement des nombreux mineurs étrangers dans les rues de Marseille car le Département des Bouches-du-Rhône présidé par Martine Vassal du parti si mal nommé « Les Républicains », ne veut pas s'en occuper alors qu'il s'agit bien de sa compétence. Nous ne vous parlons pas non plus des milliers de jeunes qui n'ont ni formation, ni emploi et qui ne sont pas scolarisés et donc aussi abandonnés à leur triste sort alors que le RSA pourrait leur être ouvert. Nous ne vous parlons pas non plus de ces milliers d'hommes et de femmes dans la rue qui meurent de froid et de faim. Nous pourrions continuer longuement comme ça à vous exposer les misères des rues de France tant le constat est sans équivoque.

Dans cette lettre, nous vous parlerons d'un autre public, celui d'hommes et de femmes qui sont en rupture ou non de soin, errant dans les rues ou bien isolé.es dans leur logement parce qu'ils et elles n'ont pu accéder ou se maintenir dans un parcours de soin.

Savez-vous pourquoi ?

Ils sont souvent dans une situation où les précarités du quotidien se superposent : rupture économique, sociale, environnementale... Ces précarités quand elles s'accumulent, mènent des personnes dans une extrême pauvreté à se trouver totalement exclues de la société.

Ils devraient bénéficier d'un parcours de soin, or le manque de lit psychiatriques et le manque criant de médecins psychiatres dans les structures du fait des politiques libérales dont vous êtes le garant en Chef, conduisent ces personnes dans les rues. Elles peuvent être des dangers pour elles-mêmes mais aussi pour les autres. On a ainsi une société ou des personnes en situation de vulnérabilité ne sont pas prises en charge avec des troubles mentaux qui sont amplifiés par une société qui rend malade.

Malade de solitude, malade d'individualisme, malade des conséquences de politiques libérales qui saccagent nos hôpitaux et nos services sociaux.

Par cette lettre nous vous demandons de revenir à la République Sociale, celle qui fait en sorte que chacun puisse trouver le chemin du bien-être de chaque individu sans distinction d'origine, de sexe, de couleur de peau, de religion ou de prénom.

Monsieur le Président de La République, il n'y a pas eu de changement de paradigme comme promis par vous-même à Mulhouse. Nous vous demandons de rompre avec vos logiques de faire plus avec moins, nous sommes asphyxiés, nous n'en pouvons plus et les personnes que nous accompagnons sont maltraitées.

L'offre de soin diminue et tend à disparaître par les fermetures de lits, les ruptures de contrats, le manque de personnels, la surcharge de travail dont vous et vos prédécesseurs êtes les premiers responsables. Entendez les mouvements en grève, entendez les souffrances des travailleurs mais imaginez à défaut de comprendre ce que peuvent endurer les personnes accompagnées dans ces services aux moyens dérisoires qui ne répondent pas aux véritables besoins.

Du fait du manque de lits et de personnels, les services craquent à tous les étages. La société entière est sous la houppe de l'austérité qui conduit à une pauvreté généralisée. Les conséquences sont la démonstration d'une violence toujours de plus en plus ardue pour les personnes concernées en premier lieu qui est de l'ordre de la torture psychologique. Ces personnes souffrent d'isolement, de dépressions et autres troubles anxiogènes. Parmi les gens qui ont des troubles mentaux, une minorité est atteinte d'un trouble mental pouvant commettre des gestes de violence envers eux-mêmes ou les autres. Leur place n'est pas dans les gardes à vue ou en prison, mais bien dans les centres médicaux psychologiques.

SOS de terriens en détresse, Monsieur le Président, sortez de votre bulle et voyez le monde comme il est malade de vos ingérences et d'un manque de vision politique publique et sociale.

En route vers la grève des travailleurs médicaux et sociaux le 07/12/2021.

https://lvdsv.fr/tribune/

Remerciements

Je tenais à remercier ce journaliste dont je ne dévoilerai pas le nom (anonymat oblige) qui m'a donné envie d'écrire sur ce sujet dont les médias n'en raffolent guère, voire pas du tout. Mes pensées et mes respects pour les personnes accompagnées et travailleurs du lien qui m'ont inspiré ce livre : Marc, Laura, Pierre, Henri, Naima, Myriam, Bernard et Jean-Luc en particulier.

J'espère qu'après la lecture de ce livre-témoignage en tant que travailleuse du lien social et militante humaniste dont je me réclame, nous ne verrons plus le travail social comme de l'assistanat mais plutôt comme un accompagnement nécessaire dans la vie de personnes en situation de précarité, de pauvreté ou d'exclusion.

Ce livre défend aussi la création d'une 3e voie en faveur des personnes souffrantes de troubles mentaux, abandonnées des institutions car elles relèvent plutôt d'un accompagnement social et médical entre le RSA et l'AAH qui n'existe pas à l'heure où j'écris ces lignes.

Katia Y.

Bibliographie

La fatigue d'être soi, d'Alain Ehrenberg, 1/10/1998, Éditions Odile Jacob

Jean-Jacques Rousseau sur Le contrat social, paru en 1972, Édition de Bruno Bernardi

D. LEGALL « l'insertion comme transformation du rapport à la vie sociale », Mémoire Katia Yakoubi DECESF

BOURDIEU P, 1993, Questions de Sociologie « l'opinion publique n'existe pas – réédition, 1re édition 1984, Paris, Édition de Minuit

1997, Méditations Pascaliennes, « les trois formes de l'erreur scolastique », « Le moralisme comme universalisme égoïste » Paris, Seuil

1998, Contre-feux, Liber, Paris

2002, Interventions 1981-1986, Agone, Marseille, 2002

CASTEL R, 2003, L'insécurité sociale qu'est-ce qu'être protégé ?, Seuil, Paris

1995, La métamorphose la question sociale, Gallimard, Paris

CLASTRES P, 1995, La Société contre l'État, Tunis, édition CERES, 1re édition 1974, Paris,

CORCUFF P, 2002, La Société de verre, Colin, Paris
2003, La question individualiste, édition au fil de l'eau

DONZELOT J, 1984, L'invention du social, Seuil, Paris

DUBET F, 2002, Le déclin de l'institution, Seuil, Paris

ENGELS F, 1976, L'Origine de la famille de la Propriété privée et de l'État, Éditions Sociales, Paris,

EHRENBERG A, 1999, L'individu incertain, Pluriel, Hachette, Paris

JANKELEVITCH V, 1986, Philosophie première, PUF, Paris
1981, Le paradoxe de la morale, Seuil, Paris

Liens articles :

https://www.toutsurmesfinances.com/argent/a/rsa-conditions-demande-montants-et-calendrier-de-versement

https://www.aide-sociale.fr/aah-allocation-adulte-handicape/

https://katiayakoubi.fr/

https://drees.solidarites-sante.gouv.fr/sites/default/files/2020-10/er1164.pdf

https://www.bpifrance.fr/nos-actualites/pret-garanti-etat-300-milliards-deuros-pour-soutenir-les-entreprises-impactees-par-le-covid-19

https://melenchon.fr/2021/11/11/macron-et-marseille-le-grand-bluff/

https://melenchon2022.fr/programme/

https://www.carac.fr/carac-mag/mon-avenir/le-point-sur-la-5e-branche-de-la-securite-sociale

https://www.liberation.fr/france/2020/11/10/autonomie-qu-est-ce-que-la-cinquieme-branche-de-la-securite-sociale_1805176/#:~:

text = % C2 % ABAujourd'hui % 2C % 20la % 20prise,'%C3 % A9tudes % 20d % C3 % A9mographiques % 20 (Ined).

https://www.cairn.info/revue-idees-economiques-et-sociales-2013-3-page-25.html

https://www.franceculture.fr/emissions/la-fabrique-de-lhistoire/liberalisme-34

https://www.capital.fr/votre-argent/voici-le-montant-de-la-fraude-aux-prestations-sociales-detecte-en-2020-par-la-caf-1406664#:~: text = En % 202020 % 2C % 20les % 20680 % 20contr % C3 % B4leurs, contr % C3 % B4les % 20sur % 20place % 20des % 20allocataires.

https://www.alternatives-economiques.fr/entreprises-championnes-de-fraude-sociale/00049753

https://lvdsv.fr/tribune/

https://www.inegalites.fr/evolution_pauvrete_annuelle?id_theme=15

https://www.mes-allocs.fr/guides/rsa/fraude-rsa/rsa-sanction conseil-general-fraude/

Imprimé en France
ISBN 979-10-284-2040-6
Dépôt légal : 2e trimestre 2022

Imprimé en France
FRHW010835300522
30961FR00012B/108

9 791028 420406